dtv

Coburg Ende des 19. Jahrhunderts: Tierpräparator Franz Schröter fährt auf einem Hochrad durch die Straßen. Diese Pioniertat bringt die kleine Residenzstadt in Bewegung. Ungeheuerliches geschieht und erhitzt die Gemüter – Anna, die Frau des Rebellen, radelt im aufsehenerregenden syrischen Unterkleid durch die Stadt, die Kopfstürze mehren sich, ein als Mann verkleidetes Freifräulein vom herzoglichen Hof derer von Sachsen-Coburg und Gotha sinkt bei ihren Fahrversuchen immer wieder in Schröters Arme. Und bald stehen sich Anhänger von Hochrad und Niederrad unversöhnlich gegenüber ... Uwe Timm erzählt eine ebenso wahre wie phantastische Geschichte aus der noch nicht allzu fernen Zeit der großen Erfindungen und des unbeirrten Fortschrittsglaubens.

Uwe Timm wurde am 30. März 1940 in Hamburg geboren. Er studierte Philosophie und Germanistik in München und Paris. Seit 1971 lebt er als freier Schriftsteller in München. Weitere Werke u. a.: ›Heißer Sommer‹ (1974), ›Morenga‹ (1978), ›Kerbels Flucht‹ (1980), ›Der Schlangenbaum‹ (1986), ›Rennschwein Rudi Rüssel‹ (1989), ›Kopfjäger‹ (1991), ›Die Entdeckung der Currywurst‹ (1993), ›Johannisnacht‹ (1996), ›Nicht morgen, nicht gestern‹ (1999), ›Rot‹ (2001).

Uwe Timm

Der Mann auf dem Hochrad

Legende

Deutscher Taschenbuch Verlag

Vom Autor neu durchgesehene Ausgabe
April 2002
Deutscher Taschenbuch Verlag GmbH & Co. KG,
München
www.dtv.de
© 1984, 1986 Verlag Kiepenheuer & Witsch, Köln
Umschlagkonzept: Balk & Brumshagen
Umschlagfoto: © Michael Pilipp, Coburg
Gesetzt aus der Stempel Garamond 10,5/12,5· (3B2)
Gesamtherstellung: Druckerei C. H. Beck, Nördlingen
Gedruckt auf säurefreiem, chlorfrei gebleichtem Papier
Printed in Germany · ISBN 3-423-12965-4

Für Anna Timm

I

Neben meiner Schreibmaschine liegt ein kleiner silberner Stab. Er ist fast sechs Zentimeter lang und hat den Durchmesser eines Strohhalms. Seine Oberfläche zeigt ein fein getriebenes Rautenmuster. Das eine Ende ist offen, das andere mit einer winzigen Silberkapsel verschlossen, dazwischen, fast über die ganze Länge, zieht sich ein schmaler Schlitz, der von einem kleinen zweifach gerillten Ring abgeschlossen wird.

Bisher hat niemand auf Anhieb die Funktion des Stabes erraten können. Die meisten vermuten darin eine kleine Signalpfeife. Erst wer den Ring hochschiebt, sieht den Dorn aus Schildpatt, der dann aus dem Stab fährt – ein Zahnstocher.

Dieses zierliche Gerät ist ein Erbstück von meinem Großonkel Franz. Es liegt schon seit Jahren auf meinem Schreibtisch. Manchmal, wenn ich grüble, wenn ich nicht weiterweiß, spiele ich mit seinem Mechanismus oder kratze mit der Schildpattspitze den Dreck aus den Typen meiner Schreibmaschine. Bislang habe ich dabei nicht an Onkel Franz gedacht. Jetzt aber, seit dem Besuch meiner Mutter vor gut drei Wochen, die ganz zufällig auf Onkel Franz zu sprechen kam, ergibt das alles eine Geschichte: der Zahnstocher aus Schildpatt, die Erinnerung meiner Mutter, meine Erinnerung an ihre Erzählung und an Onkel Franz, den Hochradpionier, den Erfinder des Klammer-Gepäckträgers und den Schöpfer des ausgestopften Riesengorillas im *Victoria and Albert Museum* zu London.

Meine Recherchen gehören zu dieser Geschichte und die Erinnerung an eigene Kindheitsvorstellungen und neuerdings auch ein Traum.

Ich war auf einer Beerdigung. Es waren nur wenige, meist ältere Leute gekommen. Ein kleiner, mit Büschen und Bäumen bestandener Friedhof. Neben mir, eingehakt, geht eine schwarz verschleierte Frau, deren Gesicht ich nicht erkennen kann. Ich weiß aber, daß es meine Tante Anna ist. Sie ist noch sehr jung. Sie hechelt wie ein durstiges Tier. Ich versuche, unter dem Schleier ihr Gesicht zu erkennen, und bin nicht sicher, ob sich darunter nicht der Kopf eines Schäferhundes verbirgt. Ich frage sie, warum sie so hechelt, ob sie Durst habe. Sie sagt, das Hecheln mildere den Schmerz. Wir bleiben stehen. Eine kastenförmige, ganz mit Blech verkleidete, mannshohe Maschine wird auf kleinen Metallrädern zu der Stelle gefahren, wo Onkel Franz begraben werden soll. An der Schmalseite der Maschine ist eine Öffnung mit einem Klappverschluß wie bei Abfalleimern. Über die Breitseite verläuft ein schmaler Schlitz, durch den man etwas von dem inwendigen Mechanismus sehen kann. Die Maschine wird von einem Pastor in Gang gesetzt, und Tante Anna beginnt heftiger zu hecheln. Die Maschine sticht mit guillotineähnlichen Messern das Erdreich in der Größe eines Grabs ab. Deutlich sehe ich das rosige Fleisch halbierter Würmer, die sich zuckend in die Erdbrocken zurückziehen. Die Maschine ist eine Erfindung meines Onkels Franz, deren Funktion er durch seinen Tod demonstrieren kann: Er begräbt sich selbst, ohne Fremdhilfe und zeitsparend. Die Maschine sitzt jetzt auf der Grube auf, und ich kann nur noch die Grabgeräusche der Messer hören und das dumpfe Poltern der in den oberen Blechbehälter fallenden Erdbrocken. Dann steht die Maschine still. Selbsttätig beginnt sie den Sarg, der unsichtbar im Inneren hängt, abzusenken. Deutlich ist das Knirschen der Gliederketten zu hören, an denen der Sarg befestigt ist. Abermals verstärkt sich das Hecheln meiner Tante. Die Angehörigen, von denen ich zu meiner Verwunderung niemand kenne, gehen zu der Maschine und werfen durch den Schlitz die mitgebrachten Kränze und Blumen. Die Maschine zerkleinert sie sogleich zu einer Lockspeise. Was für ein eigentümliches, nie gehörtes Wort, denke ich und wache über meiner eigenen Verwunderung auf.

Ich habe Onkel Franz im Traum nicht gesehen, wußte aber, daß er tot im Sarg liegt. Tatsächlich waren wir, als er starb und beerdigt wurde, schon nicht mehr in Coburg, wohin meine Mutter und ich 1943 aus Hamburg evakuiert worden waren. Und dort, in Coburg, vor jetzt fast hundert Jahren, beginnt die Geschichte.

Der Morgenzug aus Lichtenfels war gerade eingelaufen. Die Gepäckarbeiter hoben, eingehüllt in eine grauweiße, nach Kohle und Öl riechende Dampfwolke, die einem Seitenventil der Lok entströmte, eine Kiste aus dem Gepäckwagen. Quadratisch groß, aber flach und ungewöhnlich schwer, zog sie sogleich die Aufmerksamkeit des Hallenmeisters auf sich. Die Kiste kam aus England, und zwar aus Coventry. Nun waren aus England kommende Kisten, Päckchen und Briefe in der Residenzstadt Coburg nichts Ungewöhnliches, denn Herzog Ernst II. von Sachsen-Coburg und Gotha war ein Schwager der englischen Königin Victoria, und da er kinderlos war, sollte ein Sohn der Queen sein Nachfolger werden. So kamen über die engen verwandtschaftlichen Bande in großen und kleinen Mengen Tee, Porridge, Ingwer, Whisky und Crocketbälle in die Stadt, sogar ein Wasserklosett, als Vorbote eines lang geplanten Besuchs der Queen Victoria, das erste und für lange Zeit einzige Wasserklosett in der Stadt, das, nachdem man es im Schloß aufgestellt hatte, als Kartoffelwaschmaschine benutzt worden war, bis mit der Ankunft der Queen der staunende Hofstaat über die wahre Funktion aufgeklärt wurde.

Das Ungewöhnliche an der eben ausgeladenen Kiste war ihr Adressat: Nicht der herzogliche Hof, sondern der ortsansässige Dermoplastiker Franz Schröter, von dem man zwar wußte, daß er zwei Jahre in England gelebt und gearbeitet hatte, der aber bislang von dort weder einen Brief noch ein Paket bekommen hatte, von einer solch riesigen Kiste ganz zu schweigen. Der Hallenmeister schärfte dann auch dem Frachtfahrer ein, bei der Ablieferung der Kiste etwas über deren Inhalt herauszufinden. Nur zwei Stunden später lief das Gerücht durch die 16 463 Einwohner zählende Stadt, der Präparator Schröter habe eine Platte reinen walisischen Bleis bekommen, das sich schon bei einer niedrigeren Temperatur als normales Blei verflüssige und auch schneller wieder erstarre. Schröter stellte nämlich die Schrotkugeln für die Kaninchenjagd selbst her. Er hatte aus der Dachtür seines zweistöckigen Fachwerkhauses eine Bohle wie einen Steg über die Regenrinne hinausgeschoben und an einem Dachbalken verschraubt. An das Ende der Bohle hatte er ein Eisensieb gebunden. Das Blei schmolz er auf einem Kanonenofen, eine Feuerpatsche und zwei Wassereimer in der Nähe, balancierte mit dem Tiegel auf der Bohle hinaus und goß das Blei durch das Eisensieb. Die Bleitröpfchen fielen unten als heiße Schrotkugeln auf den mit Sand bestreuten Boden.

Der Frachtfahrer, der die seltsame Kiste vom Fuhrwerk heruntergewuchtet und in den Laden geschleppt hatte, war überzeugt, daß es bei der Kiste nicht mit rechten Dingen zuging, sowenig wie bei diesen ausgestopften Vögeln, die so aussahen, als würden sie gleich losfliegen. Der Frachtfahrer trank das Gläschen Kirschwasser, das Schröter ihm angeboten hatte, und beobachtete aus kleinen, schon am frühen Morgen rauschgetrübten Augen, wie Schröter den Frachtbrief quittierte. Er stellte das Glas auf die Tonbank, wischte sich die Hand an der schweren Lederschürze ab und sagte zum zweiten Mal: Des is fei schö schwer, des, net. Doch Schröter konnte oder wollte nicht verstehen, schenkte dem Kutscher ein zweites Glas ein, das schnell mit einem dröhnenden Schluckgeräusch geleert war. Schröter starrte plötzlich durch die Schaufensterscheibe nach draußen. Als sich der Kutscher umdrehte, sah er nichts weiter als seine beiden schweren Belgier, die vor dem Wagen standen, die Köpfe im Futtersack, und der eine, der Hans, hatte sich wie gewöhnlich auf die Spitzen seiner Hinterhufe gestellt, um sich beim Pissen nicht naßzuspritzen. Was war daran so sonderbar? Er kippte das dritte Glas, sah Schröter an und dann das Käuzchen, das da von seinem Ast auffliegen wollte, aber zum Gotterbarmen nicht konnte, ging schließlich aus dem Laden, nahm die Futtersäcke ab, stieg auf den Kutschbock, drehte die Bremse los und knallte kräftig mit der Peitsche.

2

Vor zwei Jahren hatte Schröter, aus England kommend, in der Judengasse ein Geschäft eröffnet. Das Haus hatte er mit Hilfe zweier Hypotheken gekauft. Seine im Schaufenster ausgestellten präparierten Tiere erregten in der Stadt ein ganz ungewöhnliches Aufsehen. Denn die ausgestopften Tiere, die man bislang kannte, meist Füchse und Fasane, ähnelten nur vom Fell oder Gefieder her ihren lebenden Vorbildern. Eher glichen sie pelzigen Würsten und gefiederten Säcken. Jetzt standen die staunenden Coburger, unter ihnen die drei alteingesessenen Präparatoren, vor dem neueröffneten Laden und starrten durch die Schaufensterscheibe in den Ausbauer, wo ein Fuchs gerade eine Ente gerissen hatte. Die Daunen und Federn klebten ihm noch am blutverschmierten Maul, Lefzen und Zähne glänzten feucht. Das Tier stemmte mit der rechten Pfote den am Boden liegenden, seitlich aufgerissenen Entenkörper für den nächsten Biß fest. Der Fuchs wirkte, zumal durch die tote Ente, auf eine erschreckende Weise lebendig. Mütter führten ihre Kinder vor das Schrötersche Schaufenster und drohten mit dem Fuchs gegen spätes Zubettgehen, Unsauberkeit und Bettnässen. Es gab in der Stadt ältere Leute, die behaupteten, Schröter stehe mit dem Leibhaftigen in Verbindung. Der Altphilologe Doktor Nipperdey vom Casimirianum sagte, von den Erzählungen seiner Primaner angelockt, nur ein Wort: Laokoon. Ein dunkles Wort. Niemand konnte diesen trojanischen Priester sinnvoll auf den Fuchs beziehen. Vom regierenden Herzog wurde erzählt, daß er, der sich die Tiergruppe nach einer Ausfahrt angesehen hatte, folgendes gesagt habe: Richtig gruselig.

Allerdings ließ er sich auch nach der Besichtigung die selbstgeschossenen Hirsche und Sauen von seinem Hofpräparator zu den vertrauten harmlosen Pelzwürsten ausstopfen. Noch heute kann man die von herzoglicher Hand erlegten Greifvögel auf der Veste Coburg bestaunen: plump und unförmig hocken sie auf ihren Ästen und irritieren den Betrachter nur dadurch, daß sie nicht herunterfallen, was dicke, um Klauen und Äste gewickelte Drähte verhindern.

Schröter hingegen zeigte die Vögel im Augenblick ihres Abflugs. Schon hatten sie die Schwingen ausgebreitet, die Köpfe in einer energischen Linie nach oben gestreckt, die eine Klaue gelöst, die andere umkrallt noch den Ast, den sie im Augenblick loslassen muß – so waren sie in einer wilden Bewegung erstarrt. Und man sah, was man sonst nie sah: den Aufschwung ins Reich der Lüfte.

Mittags, nach der Bleilieferung, kam Schröter aus seinem Laden. Auf dem Kopfsteinpflaster stand noch immer ein Rest der Pferdepisse. Schröter zog sich die blaue Schürze über den Kopf und guckte hoch. Der Himmelsspalt über der Gasse war wolkenlos. Schräg gegenüber kam jetzt auch Metzgermeister Schön, ein kleiner zierlicher Mann, aus seinem Laden, in dessen Schaufenster ein abgebrühter Schweinskopf lag, ein Bündelchen Petersilie im Maul. Schröter und Schön wünschten sich eine gesegnete Mahlzeit und schlossen sodann die Läden ab. Schröter stieg in den ersten Stock zum Mittagessen hinauf.

Man hatte sich in der Nachbarschaft schon damit abgefunden, daß die morgens gelieferte Kiste nun wohl doch nicht so schnell ihr Geheimnis preisgeben und auch dieser

Mittag einem ganz gewöhnlichen Nachmittag entgegendämmern würde, begleitet vom Abwaschgeklapper. Die in Gassen und Höfen gestaute Sonnenwärme stieg, vermischt mit Rotkohldünsten und dem Duft verblühenden Flieders auf und türmte sich über der Stadt zu einer mächtigen Kumuluswolke.

Schwalben schossen in Dachluken, Hunde lagen im Schatten und knackten Knochen, Katzen wärmten sich in der Mittagssonne. Es wurde still. Die Stadt hatte sich eben zum Mittagsschlaf gelegt, als ein nie gehörtes Getöse aus Schröters Hof kam. Nur der Milchhändler Zapf konnte von seinem Dachfenster aus in den Schröterschen Hof sehen. Unten am Boden lag Schröter, und auf ihm ein sonderbares Eisengestell, das Schröters Frau gerade wieder hochwuchtete. Es muß eine sehr resolute Frau gewesen sein, meine Tante Anna Schröter, geborene Werner, Tochter eines Bäckers aus Rostock. Nur mittelgroß, aber kräftig, mit einer eigenwilligen Nase, durchsichtigen blauen Augen und dichtem braunem Haar, das gegen jeden glättenden Versuch eine hartnäckige Welle warf. Anna klappte das Gestell auseinander, das, wie sich jetzt zeigte, ein sehr großes und ein sehr kleines Speichenrad hatte, an dem sie herumbog. Schröter war inzwischen aufgestanden und klopfte ganz beiläufig den Staub aus Jacke und Hose, sah nicht zu dem Zapfschen Fenster hoch, wo immer mehr Köpfe von Nachbarn, die kein Fenster zum Schröterschen Hof hatten, erschienen. Dann stellte Schröter sich links neben das Gestell, eine Hand, die linke, an der Lenkstange, die rechte auf dem Sattel, hinter sich Anna. Er stieg mit dem rechten Fuß auf einen Eisentreter am Radrücken, stieß sich ab und stemmte sich hoch, schwang sich mit einer raumgreifenden Bewegung des linken Beins in den Sattel, saß starr und mit stierem Blick da oben, umklammerte den Lenker, trat, während Anna das Gefährt seitlich abstützte, in die Pedale, bekam Fahrt, wenn auch nicht selbstfahrend, denn links ging, lief Anna, das Rad stützend gegen die immer stärker werdende Schräglage, stemmt sich gegen Mann und Rad, schreit: lot mol, lot mol, da versucht Schröter, mit einer letzten verzweifelten Anstrengung die Last von Anna zu nehmen, auch war das Ende des Hofs schon erreicht, er versucht, vom fahrenden Rad zu springen, kriegt auch noch das rechte Bein über den Sattel, stürzt dann aber mit gewaltigem Schwung und samt dem Rad, unter einem vielstimmigen Entsetzensschrei aus dem Zapfschen Fenster, auf Anna.

Was hat Onkel Franz in diesem Augenblick gedacht? Aufgeben? Einen anderen Übungsort ohne Zuschauer suchen? Und was hat Tante Anna gedacht? Überliefert ist, daß sie in jäher Wut gegen das kleine Hinterrad des Gefährts trat. Das hohe Zweirad, Hochrad, Bicycle, Ordinary, Velociped, Boneshaker, Headbreaker war nun auch in diese Stadt gekommen.

Es hatte in der Stadt schon vor Onkel Schröter Versuche gegeben, das Fahrradfahren einzuführen, schließlich fuhr man in Berlin, München und Frankfurt schon seit Jahren. Aber die Vorgänger – oder genauer Vorfahrer – von Onkel Franz gaben, nachdem sie die beträchtliche Fallhöhe am eigenen Leib verspürt hatten, schnell wieder auf. Der Fahrer saß nämlich ziemlich genau auf der Mitte des übergroßen Vorderrades. Bei scharfem Bremsen, steilem Bergabfahren oder aber, wenn ein größerer Stein im Weg lag, wurde er mit kräftigem Schwung über das Vorderrad gehoben und mit dem Kopf voran zu Boden geschleudert. Header, Cropper oder Kopfsturz nannten die Fahrradpioniere diesen Sturz.

Von all dem wußte Schröter, als er am nächsten Nachmittag das Rad aus der Haustür hob und es, gefolgt von einer neugierigen Menge, die Mohrenstraße hinunter zu einem kleinen Platz an der Itz schob. Er hatte am Abend zuvor überlegt, ob er sich irgendeinen geheimen Ort außerhalb der Stadt suchen sollte, hatte sich dann aber gesagt, daß ihm auf jeden Fall irgend jemand folgen würde. Die Erzählungen über seine Fahrversuche hätten dann nur um so phantastischer ausgeschmückt in der Stadt die Runde gemacht. Allerdings hatte er Anna verboten mitzukommen, angeblich, weil ihre Nähe ihn dazu verleiten könne, doch ihre Hilfe in Anspruch zu nehmen, tatsächlich aber wollte er ihr nur die höhnischen Bemerkungen der Gaffer ersparen. An dem Platz angekommen, begann sofort sein wütender Kampf mit diesem Gestell. Er war ja notgedrungen Autodidakt und hatte sich eine Broschüre zur Erlernung des Hochradfahrens besorgt, in der in zahlreichen Abbildungen das richtige Auf- und Absteigen illustriert worden war.

Schröter erlebte an diesem Nachmittag den großen und grundlegenden Unterschied zwischen Theorie und Praxis. Er stieg auf und fiel um. Die Menge stand und schwieg. Er stand wieder auf und fiel wieder um. Nachdem er das einige Male wiederholt hatte, einmal auch in den Sattel kam, dann aber um so schneller nach vorn kippte – er konnte gerade noch den Kopf einziehen und sich über die Schulter abrollen –, hatte sich schon unter den nun begeistert Klatschenden ein spontaner Schlachtruf gefunden: Hopf, hopf, hopf, immer aufem Kopf! Es muß eine Stimmung wie siebzig Jahre später in einem

Catcherzelt gewesen sein, als er sich wieder aufrappelte, einen Moment benommen hin und her tappte, das Rad aufhob, das Vorderrad und das kleine Schwanzrad vorschriftsmäßig in einer Linie aufstellte und nunmehr anschob, da er mehrmals die Erfahrung gemacht hatte, daß er nie so schnell aus dem Stand in den Sattel kommen konnte, wie das Rad umfiel.

Ich bewundere ihn und frage mich, warum er sich dieser Tortur unterzog, denn da waren ja nicht nur die schmerzhaften und oftmals auch gefährlichen Stürze, sondern auch das sie begleitende widerliche Gelächter all der Neugierigen. Er machte sich auf eine schmerzhafte Weise lächerlich. Warum? Hatte man ihn als Säugling in einem jener Steckkissen herumgetragen, die damals noch gebräuchlich waren und den Müttern während ihrer Arbeit erlaubten, die Kinder als gut verschnürte Pakete abzulegen? Mußte er, der Jüngste, dem ein ausgeprägter Wille nachgerühmt wurde, mit ohnmächtiger Wut ansehen, wie alle Geschwister schneller weglaufen konnten als er? Oder hatte sich in ihm später, während seiner Dienstzeit bei der Infanterie, ein solider Haß auf diese schwachsinnige Lauferei gestaut, wenn ihm die Gewaltmärsche trotz sorgfältigst gewickelter Fußlappen die Haut von den Hacken zogen? Natürlich reichen solche Mutmaßungen nicht aus, um diese seltsame Mischung aus Tollkühnheit, Kraft, Entdeckerfreude, Eitelkeit, Bewegungslust und Hartnäckigkeit zu erklären, mit der er das Radfahren erlernen wollte. Und wieder stürzte er. Die schadenfrohe Menge feuerte ihn jetzt mit dem Reim an: Los, Schröter, hopp, fall mal aufn Kopp!

Aber dann, nachdem es einen Moment so ausgesehen hatte, als wolle er aufgeben, richtete er das Rad wieder auf, starrte kurz zu den Grölenden hinüber, entdeckte nicht Anna, die trotz seines Verbotes gekommen war, im Korb ein Verbandspäckchen, und in der tobenden Menge still und erschrocken stand, denn was sie sah, war nicht das vertraute Gesicht ihres Mannes: Der da mit stierem Blick und verkniffenem Mund Anlauf nahm, den kannte sie nicht, das war ein anderer; der stieg jetzt mit wutverzerrtem Gesicht auf das Rad, stieß, als er oben sitzen blieb, einen erlösenden Schrei aus, trat in die Pedale, nahm mit bedrohlicher Schräglage Fahrt auf, tretend, tretend, tretend, wurde schneller, richtete durch eine vorsichtige Gewichtsverlagerung das Rad auf und fuhr immer schneller werdend über den Platz, hinter sich die verstummende Menschenmenge, die zum ersten Mal staunend sah, was doch jeder Erfahrung widersprach, was so ganz und gar gegen den gesunden Menschenverstand ging, daß zwei Räder rollten, nicht kippten. Schröter fuhr, den Oberkörper weit vornübergelegt, was, wie er wußte, falsch, gefährlich und unelegant war, aber er fuhr und hatte plötzlich das Gefühl, als schwebe er, ein Gefühl, das er später als das reine Glück beschrieb, ein Gefühl der Mühelosigkeit, das ihm jetzt, nach all den Qualen, um so reiner erschien und dessen Geheimnis darin lag, daß er sich erstmals aus eigener Kraft schneller und ruhiger vorwärts bewegen konnte, als es ihm allein auf sich gestellt je möglich gewesen wäre. So fuhr er ein gutes Stück, bis er an das Ende des Platzes kam, der dort fast vier Meter steil zum Fluß abfällt. Vergeblich versuchte er, eine Kurve zu fahren. Die Geschwindigkeit war zu groß. Bremste er, hob sich sofort das Schwanzrad bedrohlich hoch. So blieb nur der Notabstieg. Das Absteigen vom Hochrad aber, das wußte Schröter, war die schwierigste Sache der Welt. Und natürlich hatte er den Absatz aus der Hochradfahrschule, den er gestern abend noch gelesen und rot unterstrichen hatte, nicht mehr vor Augen: Beim Absprung über die Steuerstange wird das eine Bein in die Höhe gehoben, das Bein wird über die Stange geschwungen und mit der Hand der Griff wieder gefaßt. Nunmehr wird das Bein bei der anderen Hand in derselben Weise wieder herausgelassen, so daß die Beine auf eine Seite hängen, worauf man abspringt. Dieser Absprung macht den Eindruck der Kühnheit, sieht aber viel schwerer aus, als er ist, und verlangt nur ein wenig Mut und Selbstvertrauen.

Es waren weder Mut noch Selbstvertrauen, die Onkel Franz einen neuen, stark vereinfachten Absprung finden ließen, es war die Angst vor der Uferböschung. Er stieß sich von dem dahinrasenden Rad ab, machte eine damals von allen Turnlehrern hochbewertete Rückwärtsrolle, kam auf den Hintern zu sitzen, aber mit solchem Schwung, daß er mühelos aufstehen konnte und so wie ein Artist, wenn auch mit zitternden Knien, seinem Publikum gegenüberstand. Alle klatschten begeistert.

Abends, nachdem er sein Rad geputzt und Speiche für Speiche mit Öl abgerieben hatte, stieg er steif die ausgetretene Holztreppe zum Schlafzimmer hinauf, wo er sich die verdreckte Jacke und die aufgerissene Hose auszog, sich wie Odysseus nackt auf dem Ehebett ausstreckte, einer kolossalen Burg mit Holzpalisaden und wehrhaften Ecktürmen, und sich von Anna mit Ponds die Blutergüsse und Hautabschürfungen einsalben ließ. Sie wisse jetzt, warum er sich so abquäle, sagte Anna, warum er unbedingt auf dieser Maschine fahren wolle, sie habe ihn beobachtet, nachdem er das Rad aus der Itz gezogen habe, da, als er an all den gaffenden Leuten vorbeiging, habe sie den Grund in seinem Gesicht lesen können, genau das, wovor Hauptpastor Hahn in jeder seiner Predigten warne: Hochmut. Und Hochmut, sagte Anna, kümmt vor de Fall.

3

Am nächsten Tag hatte Onkel Franz einen Unfall, der ihn zwei Fingerglieder kosten sollte. Er machte dafür später immer Annas Bibelspruch verantwortlich: Hochmut kommt vor dem Fall. Dieser Spruch habe das Unglück regelrecht angezogen, behauptete er und hob dann jedesmal wie zum Schwur die verstümmelte Linke.

Onkel Franz war nie sonderlich abergläubisch, nicht zu vergleichen mit meinem Onkel Fritz aus Dietersdorf, der sich alles an den Knöpfen abzählte und zeit seines Lebens das Siebte Buch Moses suchte, das wohl so ziemlich gegen jedes Übel gut sein mußte: gegen Fallsucht, gegen den bösen Blick, Feuer auf dem Dach, Pelzniesen, Konkurs und Unfruchtbarkeit. Er stellte sich und anderen lange und komplizierte Horoskope, glaubte an das Zweite Gesicht, das ihm gesagt haben soll, sein Schwager Franz werde an jenem Tag etwas Wertvolles verlieren, ablesbar auch an der Mars-Uranus-Opposition. Onkel Franz hingegen sagte, er habe, als er vom Rad stürzte, an Annas Drohung denken müssen und sich darum am Vorderrad, wovor immer wieder gewarnt wurde, festgehalten. Die Speichen trennten ihm säuberlich die beiden obersten Glieder seines kleinen Fingers ab. Er muß das sehr gefaßt ertragen haben. Jahre später noch erzählte man sich, wie Schröter die Mohrenstraße heraufgekommen sei, mit der Rechten das Rad schiebend, in der Linken den blutverschmierten dreckigen kleinen Finger wie ein Würstchen vor sich her tragend. Er hatte seinen kleinen Finger im Staub gesucht und aufgesammelt, damit der nicht von irgendeinem vorbeikommenden Köter aufgefressen werde. Das sagte er dem Doktor Schilling und bat ihn, den Finger zu vernichten. Schilling nahm Schröters kleinen Finger und warf ihn, ohne ihn auch nur einmal anzusehen, in den Abfalleimer. Dann trank er mit Schröter eine halbe Flasche Branntwein, die Schröter den Schmerz und ihm das Flattern aus der Hand nehmen sollte. Mit ruhiger Hand nähte er sodann die Wunde.

Als Anna in das Ordinationszimmer gestürzt kam, weil sie gehört hatte, ihr Mann habe bei einem Unfall alle Finger der rechten Hand verloren, saß Franz Schröter rotgesichtig und grinsend da, an der linken Hand eine dicke weiße Wurst. Die anderen Finger waren abgeschrammt, aber heil, und Schröter konnte sich auf dem Nachhauseweg gar nicht darüber beruhigen, was er doch für ein Glück gehabt habe, diesen überflüssigen kleinen Finger verloren zu haben und nicht etwa den unersetzlichen Daumen. Der Daumen ist alles, grölte er, dem jetzt, nach dem Schock, dem Blutverlust und der abendlichen frischen Luft, der Branntwein in den Kopf gestiegen war, was ist dagegen der Zeigefinger. Denn die Bedeutung der Finger nimmt von vorn nach hinten ab. Der kleine Finger ist ein Nichts. Dann sang er, von Anna stützend untergehakt: Nick, nack, padiweck, give the dog a bone, this old man comes rolling home. Er schrie um so lauter, je heftiger Anna: Pscht sagte. Er brüllte, als habe er mit dem kleinen Finger auch jede Scheu verloren: Diese Stadt sei nur radfahrend zu ertragen. Wenn man genau hinsehe, seien auch das Spital- und das Judentor Zinnenfahrer. Nicht der Hochmut kommt vor dem Fall, sondern der Ungeübte.

Erst viele Jahre später, er hatte schon Rheuma, und merkwürdigerweise schmerzte ihn besonders der kleine Fingerstumpf, begann er Anna Vorwürfe zu machen und ihr die Schuld an dem Unfall zu geben. Sie habe ihn mit diesem Bibelspruch regelrecht verstümmelt. Jetzt aber, an diesem kühlen Juniabend, konnte ihm nicht einmal der Spottvers die gute Laune vertreiben, den irgend jemand in der Wartezeit, als sich all die Neugierigen vor dem blutverschmierten Rad an Schillings Gartenzaun drängten, gefunden hatte: Schröters Franze, geht aufs Ganze / wandelt auf dem schmalsten Grade / mit seinem hohen Zweirade / stürzt dann aber o weh / und verliert erst den Finger, dann den Zeh.

Ein Vers, der die damals einsetzende Wilhelm-Busch-Lektüre verrät und sich – ein Beweis für das lange Gedächtnis einer Kleinstadt – bis in die Zeit gehalten hat, als wir, in Hamburg ausgebombt, dreiundvierzig nach Coburg kamen. Wir kamen in das verwinkelte Haus von Onkel Schröter, in dem ich mich anfangs immer wieder verlief und nur durch mein kräftiges Schreien wiedergefunden wurde. Später, nach einigen Wochen Eingewöhnung, bot es Verstecke, die den Erwachsenen unzugänglich waren, wie jene Nische unter der Holztreppe, die ich nur kriechend durch einen engen, muffig riechenden Gang erreichen konnte. Dann saß ich unter der Treppe und hörte das dumme Treppauf-treppab-Tappen der rufenden und suchenden Erwachsenen.

Das Haus war über die Jahrhunderte durch die beständigen An- und Umbauten seiner Bewohner auf eine fast vegetative Weise gewachsen. Es gab keine rechten Winkel und keine Symmetrie. Alles hatte sich in einer langsamen Bewegung von Bewohner zu Bewohner versetzt und verschoben. Die Innenwände waren aus Weidenzweigen geflochten und dann mit Lehm beworfen worden. Nachts, in der Zeit der Stromsperre, waren sie im leicht bewegten Kerzenlicht kleine senkrechte Landschaften, mit Tälern und sanften Hügeln, in denen sogar Schätze vergraben lagen. Onkel Franz hatte in den zwanziger Jahren dieses Jahrhunderts zur Erweiterung des Wohnzimmers eine Zimmerwand einreißen lassen. Zwischen den Lehmbrokken fand sich ein kleiner steinharter Lederbeutel, der, nachdem ihn Onkel Franz aufgemeißelt hatte, 30 Goldstücke freigab. Die Goldstücke waren während des Dreißigjährigen Kriegs von den Bewohnern in der Zimmerwand eingemauert worden, weil die Schweden oder die Kaiserlichen oder die Franzosen oder wieder die Schweden ins Haus standen. Was aber war aus den Besitzern der Goldstücke, den Juden, die in dieser Gasse vor dem Stadttor lebten, geworden?

Jedenfalls konnte Onkel Franz zu einer Zeit, als bankrotte Bankiers aus den Bürofenstern ihrer Wolkenkratzer in die Wallstreet sprangen und man zum Brotkauf das Papiergeld im Blockwagen fahren mußte, mit diesen 30 Goldstücken die letzte und höchste Hypothek tilgen.

So hatte sich ihm, wie Onkel Franz sagte, das Haus selbst geschenkt.

Was ich damals nicht verstehen konnte, war, warum Onkel Franz nicht auch all die anderen Wände einreißen ließ, vor allem aber das aus unbehauenen Feldsteinen gebaute Kellergewölbe nicht nach weiteren Schätzen durchsuchte. Ein Keller, der eher einem Verlies glich, von dem die Nachbarn sagten, es ginge da unten nicht geheuer zu. Mehrmals hatte man Lichter gesehen, Schatten, eine Gestalt, die durch das Haus wanderte. Das Haus hatte lange leer gestanden, bevor Onkel Schröter es zu einem günstigen Preis erwerben konnte.

Wer fürchtet sich vorm schwarzen Mann? Lirum larum Löffelstiel. Eines Tages liegt ein Fremder im Bett meiner Mutter, in das ich jeden Morgen krieche. Der Mann liegt da wie von der Decke gefallen, in aufgeknöpfter Uniform, eine Pistole auf dem Nachttisch, von dem das Lederkoppel herunterbaumelt, vor dem Bett Langschäfter, deren verstaubte Lederstulpen wie erschöpft umgeknickt sind. Das Zimmer ist von einem schweißigen Ledergeruch erfüllt. Der Mann schnarcht. Er liegt da mit weit offenem Mund. Ich sitze und warte, ob sich nicht doch eine Maus zeigt, die ihm in den Mund kriecht. Wie in dem Märchen mit dem schlafenden Mann. Dem war eine Maus aus dem Mund gekrochen, und als man sie verjagte, war der Mann tot. Man sagt mir, der Mann, der da auf dem Bett liegt, sei mein Vati. Er kommt von der Front, irgendwo aus Finnland oder Rußland. So lernte ich meinen Vater kennen. Er paßte nicht ins Haus. Er mußte vor jeder Tür den Kopf einziehen. Bald hatte er die erste Schramme auf der Stirn. Für Onkel Franz dagegen war das Haus wie zugeschnitten. Es hatte sein Maß, und auch die verschachtelten, unsymmetrischen Räume entsprachen ihm auf eine geheimnisvolle Weise, oder er hatte sich ihnen langsam anverwandelt.

Damals, nach seinem unglücklichen Sturz, saß er meist im Wohnzimmer am Fenster, skizzierte oder unterhielt sich in der verkaufsschwachen Zeit kurz vor Mittag über die Gasse hinweg mit Metzgermeister Schön, der in seiner strahlend weißen, ein wenig rotgesprenkelten Schürze vor der Ladentür stand. Schön, dessen Wunsch es gewesen war, Sänger zu werden, hatte nach dem Tod des Vaters die Metzgerei übernehmen müssen und sich daraufhin und wie aus Trotz der Tierlautforschung verschrieben.

Schön berichtete dem am Fenster sitzenden und für jede Abwechslung dankbaren Schröter, bei dem er darüber hinaus auch ein berufliches Interesse voraussetzen konnte, vom Stand seiner neuesten Forschung, der Stimme des Gaurs oder Dschangelrinds, das in den Bergwäldern Indiens und Burmas lebt.

Dabei muß gesagt werden, daß Schön über seinen Privatstudien keineswegs den Beruf zu kurz kommen ließ. Im Gegenteil, er war nicht nur ein reeller Metzger, er war sogar ein begeisterter Metzger, dessen Interesse sich nicht allein auf das tote Fleisch richtete, sondern auch auf die lebenden Tiere. Er war davon überzeugt, daß man Auge und Tastsinn schulen müsse, um auf den Viehmärkten die zartesten Tiere herauszufinden. Das Alter allein sage noch nichts über Geschmack und Zartheit des Fleisches aus, behauptete er und beobachtete mit Schadenfreude, wie die Konkurrenz Kälber kaufte, deren Fleisch zäh wie Leder war. Schön war darum nicht nur Tierstimmenforscher, sondern auch leidenschaftlicher Amateur-Anatom, und eben darum kein guter Fleischwarenverkäufer. Denn griff Schön zum Metzgermesser, um zwei Scheiben Rindsleber abzuschneiden, erklärte er der Kundin sogleich, daß die Leber beim Rind wie beim Menschen eine Anhangdrüse des Mitteldarms sei und daß sie, sofern gesund, von brauner Farbe und gelappt sein müsse. Hier in der Venenpforte, sehen Sie, sagte er, tritt eine Vene ein, und er hielt der Kundin die säuberlich durchschnittene violettgefärbte Röhre in der Leberscheibe, aus der noch etwas altes fadenziehendes Blut tropfte, unter die Augen, schnitt sodann die nächste Scheibe mit kleinen graziösen Schnitten herunter und erklärte die Bauelemente der Leber, die Leberläppchen.

Es war nicht verwunderlich, daß sich der Laden immer dann füllte, wenn Metzgermeister Schön auf dem Schlachthof oder auf einem Spaziergang war. Gern gesehen hingegen war er auf allen Jahresabschlußveranstaltungen, Hochzeiten, Taufen, Beerdigungsfeiern, denn er konnte auf eine erstaunliche Weise Tierstimmen imitieren. Man brauchte ihm nur die Tiernamen zuzurufen, und er krähte, wieherte, bellte, flötete und röhrte. Aber er konnte auch Tiere nachahmen, die er nie gesehen, also auch nie gehört hatte: Elefanten, Zebras, Bären, Gnus, Giraffen und Nilpferde. Er stützte sich dabei auf die Reisebeschreibungen von Zoologen. So hat das Gaur oder Dschangelrind, rief Schön über die Gasse Schröter zu, einen eigenartigen, für Rinder sonst unbekannten Stimmlaut, ein tieflautendes Bellen, ähnlich dem, das Elefanten hervorbringen und durch das sich die Tiere über große Entfernungen verständigen. Der Brunftruf des Gaurs besteht regelrecht aus einem Orgeln und fängt, für das Ohr unschön klingend, mit einem tremolierenden und gezogenen i-i – i an, das allmählich auf a – oo – – – uu übergeht und zu einem mächtig verhallenden Akkord anschwillt, also so, und Metzgermeister Schön brüllte durch die Gasse: i-i – i – a – oo – – – uu.

Vormittags und nachmittags zeichnete Onkel Franz, was er an Tieren in der Gasse sah. Einige dieser Zeichnungen sind erhalten. Es sind Skizzen von Körperteilen: die Hinterbeine eines Hundes, der sich scheinbar setzt, sieht man aber genauer hin, entdeckt man in der verkrampften Haltung, den stärker gespreizten Beinen, daß er seine Notdurft verrichten will. Die gespannte Brustmuskulatur eines anziehenden Pferdes, Krallen und Gelenk einer Katzenpfote, einmal spielend, einmal zuschlagend, eben entfaltete Flügel von Tauben, Sperlingen, Falken, Drosseln, stehende, gehende, trabende, galoppierende Pferdebeine, stets nur paarlich, Hundeschnauzen, leckend, hechelnd, kauend, die Zähne fletschend. Bewegungsstudien, die Schröter aber gar nicht praktisch umsetzen konnte, da die Coburger zwar seine Ausstopfkünste bestaunten, sich aber nach wie vor ihre toten Tiere bei den alteingesessenen Präparatoren in die vertraute gemütliche Form bringen ließen. Denn wer wollte sich schon mit diesen gerade auffliegenden Vögeln eine irritierende Unruhe ins Haus holen. Und wer wollte seiner Frau zumuten, angesichts eines blutverschmierten Fuchses, der gerade eine Ente frißt, Kinderhäubchen zu häkeln. Schröters Arbeiten paßten einfach nicht in die gute Stube. Sie verlangten nach Öffentlichkeit – in Schulen, Museen oder Sammlungen. So hatte denn auch in den vergangenen beiden Jahren nur der eine oder andere Reisende als Laufkunde seine Jagdtrophäe in Form eines Geweihs, eines Hirsch- oder Wildschweinkopfes von Schröter auf eine geschwungene Eichenholzplatte montieren lassen. Und der eine oder andere Kanarienvogel oder Wellensittich aus der Nachbarschaft war als lebenslange Erinnerung auf ein Ästchen gesetzt worden. Das war alles. Schröter hätte nie daran denken können, sich eines jener überteuerten Räder zu kaufen, wäre nicht der Lieblingsmops der kinderlosen Herzogin gestorben.

An einem Montagmorgen im April war das Hoffräulein von Götze in den Schröterschen Laden gekommen. Ein Diener in Livree trug ihr einen stark nach Maiglöckchen duftenden Korb nach, über den ein blaues Tuch gedeckt war. Der Diener stellte den Korb auf den Ladentisch. Und während das Fräulein von Götze sich Fuchs und Ente interessiert aus der Nähe ansah, drang durch das süßlich schwere Maiglöckchenparfum ein anderer, süßklebriger Duft, der sich schnell im Raum ausbreitete und immer intensiver wurde, der Geruch von Aas. Die weißbehandschuhte Hand des Dieners zog nach einem Wink Fräulein von Götzes das Tuch vom Korb. In dem Korb lag ein toter Mops. Der Mops war vor zehn Tagen gestorben. Die Herzogin hatte sich aber einfach nicht von ihm trennen können. Sie hatte ihn erst mit Rosenöl und dann mit Maiglöckchenparfum einreiben lassen. Als sich dann aber immer mehr Schmeißfliegen auf ihm drängten, hatte sie endlich seiner Beerdigung zugestimmt. Fräulein von Götze, die den Fuchs im Schröterschen Schaufenster gesehen hatte, wollte die Herzogin mit einer haltbaren und vor allem geruchlosen Nachbildung des Mopses überraschen.

Nun sind bekanntlich von allen Hundearten die Möpse am leichtesten auszustopfen, da die vielen Fettwülste und -polster das sonst so komplizierte Spiel von Muskeln und Sehnen verdecken und sich wie von selbst zur Ähnlichkeit abrunden. Schröter machte sich sogleich an die Arbeit, zog ein in Myrrhe getränktes Tuch vor Mund und Nase, dem Mops das Fell ab, verscharrte – was verboten war – den Kadaver im Hof, kochte den Schädel ab, säuberte das Fell mit Arsenik, schnitzte sodann aus einem festen Stück norddeutschen Torfs den Körper, versteifte die Pfoten mit Draht, füllte die entfleischten Schädelstellen mit Gips auf, setzte, obwohl man die später nicht sehen sollte, Glasaugen ein, bestrich den Torf mit einem mottenabweisenden Firnis, zog die Haut darüber und vernähte mit winzigen Stichen die Schnittstellen am Bauch. Der Mops lag friedlich zusammengerollt und schlief.

Schröter hatte den Zustand des Schlafs gewählt, dieses Mittlers zwischen Leben und Tod, um der Herzogin den Abschied von ihrem Schoßhund in seiner dauernden Gegenwart – und nichts anderes war das Konservieren – zu erleichtern.

Als Fräulein von Götze zwei Wochen später kam, um den Mops abzuholen, folgte sie einer spontanen Regung und streichelte das Tier. Es fühlte sich fest und doch weich an, regte sich aber nicht. Es war in einer anrührenden Weise zugleich nah und fern.

Der begeisterte Ausruf: Das ist ein Kunstwerk! stammt von ihr. Schröter hat mit diesem Ausspruch nie für seine Arbeit geworben. Er widersprach sogar Fräulein von Götze und betonte: Er habe nichts Neues geschaffen, sondern nur mit Hilfe des dem Original über die Ohren gezogenen Fells einen Mops nachgebildet. Es liege also nur eine Verdoppelung des Mopses vor, eine etwas haltbarere zwar, aber das allein sei noch keine Kunst. Wenn man es dennoch Kunst nennen wolle, wäre es eine, der stets der Aasgeruch der Vergänglichkeit anhinge. Eigentlich käme es aber darauf an, das hinter dem Abbild liegende Geheimnis aufzuspüren. Und auf die Frage, welches Geheimnis er denn meine, antwortete Schröter, wenn man das einfach sagen könnte, müßte man es nicht in der Kunst suchen.

Das Gespräch wurde von Fräulein von Götze aufgezeichnet, aber leider läßt sich nicht mehr genau sagen, was Zitat dieser so kunstbegeisterten Adeligen ist und was von meinem Onkel Franz stammt. Es belegt aber sicherlich, daß zu dieser Zeit schon theoretische Überlegungen seine dermoplastischen Arbeiten begleitet haben. Steckt darin möglicherweise der Hinweis auf eine beginnende Unzufriedenheit mit dem Präparatoren-Beruf, dieser ständigen Beschäftigung mit Kadavern? Oder ist es eine aufkeimende Unzufriedenheit mit der Form, denn das Ausstopfen findet ja seine unüberschreitbare Grenze durch die von der Natur gelieferten Hüllen und damit im Gebot der Ähnlichkeit. Die ist in einer schlichten Weise und unübertreffbar in dem schlafenden Mops erreicht, von dem es eine sepiafarbene Photographie mit allergnädigsten Grüßen gibt, die das Tier auf einem Empiresofa zeigt. Zusammengerollt, die stumpffaltige Schnauze auf den Pfoten, liegt der Mops in einem zarten, durch Seidenvorhänge fallenden Sonnenlicht, als träume er.

Die jubelnde Begeisterung der Herzogin erreichte Schröter in Form eines fürstlichen Honorars. Noch am selben Abend schrieb er an die Firma Bayliss, Thomas & Co in Coventry und bestellte ein Hochrad vom Typ Victor. Der sprachlosen Anna erklärte er, daß er sich eine geschäftsbelebende Wirkung vom Rad erwarte. Eine Erklärung, die Anna ihm nicht glauben wollte.

Schröter hatte das Hochrad in England kennengelernt, wohin er als Präparatorgeselle gewandert war und wo er zwei Jahre gelebt und gearbeitet hatte. Gleich nach seiner Ankunft in London, an einem Sonntag, war er in den Richmond Park gegangen.

In der Ferne sah er in den hochblühenden Wiesen

Schafe weiden, die aber, als er von einer professionellen Neugierde getrieben näher heranging, sich als kopulierende Paare entpuppten.

Gute zwei Stunden war Schröter gelaufen, als er zu einer kleinen Limonaden-Pagode kam. Schröter setzte sich auf einen der eisernen Klappstühle, als ein Mann auf einem Hochrad angefahren kam, bremste und wie ein Artist das rechte Bein über den Lenker warf und von dem Rad heruntersprang. Er lehnte es an einen Baum, ging zur Pagode, bestellte sich eine Limonade, trank das giftgrüne Getränk mit geschlossenen Augen und langsamen Zügen aus, holte seine Maschine, nahm einen kleinen Anlauf, stieg hoch und glitt in den Sattel. Schnell verschwand er in die Richtung, in die auch Schröter zurücklaufen mußte. Es sei für ihn, erklärte Schröter seiner Frau, ein ganz unfaßlicher Anblick gewesen, wie dieses Rad, das doch mit zwei Rädern zum Kippen hätte verurteilt sein müssen, sich unter dem Fahrer in einer unerwarteten Balance hielt. Zugleich habe er daran denken müssen, wie dieser Mann im Sitzen und mühelos dahin kam, wohin er zwei Stunden lang sein ganzes Körpergewicht auf den kleinen inzwischen wundgelaufenen Flächen seiner Füße zurücktragen mußte.

4

Genau eine Woche nach dem Sturz, bei dem Franz Schröter die beiden oberen Glieder seines kleinen Fingers verloren hatte, sahen ihn die Coburger den Steinweg hinunterradeln. Weithin leuchtete weiß der kleine Finger.

Immer noch dick eingewickelt, zeigte er überlang und steif in die Richtung, in die Schröter gerade fuhr. Hinter ihm lief eine schnell wachsende Menge, die auf eine noch blutigere Katastrophe wartete. Wie war Schröter überhaupt auf diese Maschine hinaufgekommen? Und wie schaffte er es, da oben so lange sitzen zu bleiben? Schröter fuhr immerhin schon so, daß er, von einigen beängstigenden Schlenkern abgesehen, Entgegenkommende, wenn auch noch nicht mit dem Ziehen des Hutes, so doch mit einem Kopfnicken begrüßen konnte. Entgegenkommende Kutschen machte er durch eine kleine Trillerpfeife auf sich aufmerksam, aber schon aus großer Distanz und nicht zu laut, um die Pferde nicht scheu zu machen.

Fünf Tage hatte Schröter zu Hause gesessen und skizziert, was an Tieren in der Gasse zu sehen war, hatte sich die Brunft- und Lockrufe entferntester Tierarten aus dem Munde Schöns angehört, dann, am sechsten Tag, hatte er es nicht mehr ausgehalten und sich auf den Weg zum Platz an der Itz gemacht. Anna hatte versucht, ihn davon abzubringen, hatte von seiner noch nicht vernarbten Wunde, von neuen, womöglich schlimmeren Verletzungen geredet, zum Schluß, als gar nichts half, sogar ihre Witwenschaft ins Gespräch gebracht, was wäre denn falls. Aber er hatte sich nicht zurückhalten lassen, hatte sich vorsorglich zwei Mullbinden eingesteckt und war in der Morgendämmerung durch die menschenleeren Straßen losgezogen, das Rad schiebend, mit der gleichen Entschlossenheit, mit der Nansen sich auf den Weg über das grönländische Inlandeis machte, Stanley die Nilquellen suchte, der Ballonpionier Coxwell zu einem Höhenrekord aufstieg, Gottlieb Daimler auf seinem motorisierten Reitwagen durch die Straßen Stuttgarts fuhr: Mit einer Mischung aus Mut, Neugier, Kindertraum und Ruhmsucht, so machten sie Geschichte oder gingen doch wenigstens als Fußnote in die Geschichte der Entdeckungen ein, während Onkel Franz in keinem Geschichtsbuch und keinem Konversationslexikon erwähnt ist, er, der an diesem denkwürdigen Morgen, gefolgt von einem schnüffelnden Hund und in der Erwartung neuer schmerzhafter Stürze, zu jenem Platz ging, wo er sich selbst das Fahrradfahren beibringen wollte, damit das Rad auch in diesen Winkel Deutschlands seinen Einzug halten konnte.

Er schob das Rad an, schwang sich hinauf, ganz auf seinen amputierten Finger konzentriert, und vergaß so all die unterstrichenen Stellen in der Anleitung zum Hochradfahren, fuhr plötzlich unverkrampft, fuhr eine wakkelige Linkskurve, eine noch wackeligere Rechtskurve (er war Rechtshänder), fuhr krumme Achten, bremste langsam ab und nahm wieder Fahrt auf, und als es dann doch zum Sturz kam, war all seine Aufmerksamkeit in dem Fingerstummel, den er schützend hochhielt, und so fiel er entspannt wie ein Betrunkener und ohne sich zu verletzen. Als er nach einer Stunde seine Übungen abbrach, die Sonne war inzwischen über den verschachtelten Schieferdächern und Türmen der Stadt aufgegangen, konnte er auf- und absteigen, sicher und ohne zu wackeln links- und rechtsherum fahren. Es galt, in der nächsten frühmorgendlichen Übungsstunde noch einige Feinheiten zu lernen: das nicht verrissene Anfahren, das Verlangsamen und Beschleunigen, und vor allem das plötzliche Ausweichen vor Hindernissen wie Steinen, Knüppeln und tiefen Schlaglöchern, um die gefährlichen Kopfstürze zu vermeiden.

Jetzt also hatte er sich erstmals auf die Straßen getraut und fuhr langsam an dem offenmäuligen Staunen der Entgegenkommenden vorbei, hinter sich eine sensationslüsterne Meute, die, je länger er im Sattel blieb, desto lauter rief: Los, Schröter, mach mal hopp, erst den Finger, dann den Kopp. Los, hopp! Da trat Schröter kräftiger in die Pedale, ließ einen empörten Aufschrei hinter sich, ein paar Gassenjungen rannten noch mit, gaben dann aber auch auf. Abends konnte Schröter zum zweitenmal von einem Glücksgefühl sprechen, als er nämlich dieses idiotische Geschrei und Gelächter so leicht abgeschüttelt hatte.

Solange Schröter mit seinem weiß verbundenen Fingerstummel durch die Straßen der Stadt fuhr, fanden sich keine Nachahmer. Er war ja selbst ein überdeutlicher Fingerzeig auf die Gefahren, die mit dieser Maschine verbunden waren. Dann aber, nachdem die Wunde vernarbt war, die Hand, wo immer er sie anlegte, schlanker und feinsinniger wirkte, nachdem auch sein Herumfahren in der Stadt schneller und souveräner wurde, das anfängliche Gelächter und Gealber einem respektvollen Schweigen gewichen war, kam ihm eines Nachmittags ein anderer Radfahrer entgegen, verfolgt von einer Meute Schulkinder, kam näher und näher, bis Schröter den Lehrer Gützkow erkannte, der verbissen auf dem Rad saß und vor sich hin starrte, als gäbe es dort eine Linie, die ihm das Gleichgewicht sichere. Als Schröter an Gützkow vorbeifuhr, zog er betont leger den Hut, ein Gruß, den der Lehrer Gützkow nur mit einem kurzen, ängstlichen Kopfnicken erwidern konnte, so sehr mußte er sich an die Lenkstange klammern.

Gützkow saß tatsächlich wie ein Affe auf dem Schleifstein, ein Sprachbild, das womöglich in dieser Zeit entstanden ist. Und Schröter hatte vor Augen, wie er selbst vor zwei Wochen ausgesehen hatte. Immerhin, es war das erste Mal in der Geschichte der Stadt, daß sich zwei Radfahrer auf der Straße begegneten, womit also auch erstmals der Begriff Fahrrad-Verkehr anschaulich wurde.

Es war allerdings für alle unbegreiflich, wie und wo der Lehrer Gützkow das Radfahren erlernt hatte. Niemand hatte ihn je auf einem Rad üben sehen. Er schien eines jener seltenen Naturtalente zu sein, die ein Hochrad sehen, besteigen und fahren können. Eine artistische Hochbegabung also, vergleichbar jenen Zahlen-Genies, die sich fünfzigstellige Zahlen zurufen lassen und sie dann vor- und rückwärts aufsagen können. Andererseits trug Gützkow im Gesicht zwei Pflaster und am rechten Handgelenk eine Bandage.

Gützkows rotblond verwirbelter Haarschopf war vor einem Jahr in der Stadt aufgetaucht. Gützkow kam aus dem pommerschen Kolberg und war dort aus dem Schuldienst entlassen worden. Man hatte ihm Kontakte zu der verbotenen Sozialdemokratischen Partei nachgesagt. Er hatte dennoch in Coburg eine Anstellung als Hilfslehrer gefunden, von Eltern wie Schülern gleichermaßen verachtet, weil er nicht prügelte, auch dann nicht, wenn die Kinder auf dem Schulhof in Scharen hinter ihm herliefen – wie auch jetzt – und schrien: Rote Haare, Sommersprossen, sind des Teufels Volksgenossen. So kam mit der Zeit das Gerücht auf, er sei nicht wegen seiner roten Gesinnung, sondern wegen seiner roten Haare und wegen disziplinarischer Schlappheit aus dem Schuldienst entlassen worden. Darum war das Erstaunen um so größer, daß ausgerechnet er als zweiter in der Stadt den Mut hatte, auf eine Maschine zu steigen, die so blitzschnell Glieder abtrennen konnte.

Gützkow hatte unmittelbar nach seiner Ankunft in der fränkisch sprechenden Stadt einen plattdeutschen Konversationszirkel gegründet. Es waren vier Männer und Anna als einzige Frau, die sich jeden Mittwochabend die Erlebnisse der vergangenen Woche auf Platt erzählten und sich dann eine halbe Stunde *Ut mine Stromtid* von Fritz Reuter vorlasen. Dabei kam es immer wieder zu heftigen Auseinandersetzungen über die richtige Aussprache einzelner Wörter, da alle Mitglieder des Zirkels aus verschiedenen norddeutschen Gegenden kamen. Insbesondere Anna brach immer wieder den Sprachenstreit vom Zaun, da sie behauptete, Reuters Mecklenburger Platt, das, wie sie immer wieder betonte, auch das ihre sei, werde im Mund des aus Nordfriesland kommenden Postsekretärs Hinrichsen regelrecht entstellt.

Eine Zeitlang wurde der Kreis von der Polizei beobachtet. Man vermutete einen geschickt getarnten revolutionären Geheimbund, zumal man über den Schriftsteller Reuter in Erfahrung gebracht hatte, daß er wegen umstürzlerischer Umtriebe zum Tode verurteilt – wenn auch später begnadigt – worden war. Ein als Interessent getarnter Polizeispitzel verfolgte einen solchen Konversationsabend sprach- und verständnislos. Das wie eine Geheimsprache wirkende Plattdeutsch und die lautgewaltigen, unverständlichen Streitereien verstärkten den Verdacht noch, zumal es sich bei allen Teilnehmern um erst kürzlich Zugezogene handelte. Wer so heftig und so erbittert stritt, konnte doch nur Umstürzlerisches im Sinn haben, wobei auch die Teilnahme der jungen Frau Schröter keine Gewähr für Sicherheit und Ordnung war. Wußte man doch aus Zeitungsberichten, daß sich unter den Sozialrevolutionären in Rußland, die den Zaren Alexander II. in die Luft gebombt hatten, gerade junge Frauen hervorgetan hatten. Man überlegte hin und her, wie man etwas über den Inhalt der Diskussionen in Erfahrung bringen könnte, bis sich eines Tages eine Gelegenheit dafür bot. Ein Kieler Polizeikommissar kam auf der Durchreise nach Karlsbad in die Stadt. Man bat ihn um Amtshilfe. Der Kommissar besuchte ein Treffen des Konversationszirkels und berichtete danach, daß ausschließlich Sprachprobleme diskutiert worden seien. Die Heftigkeit der Diskussion sei in Anbetracht des eigenwilligen Plattdeutschs der Frau Anna Schröter mehr als verständlich. Daraufhin wurde die Observierung des Zirkels eingestellt.

Dennoch blieb ein Mißtrauen, sogar bei Onkel Franz. Der befürchtete, die gutgläubige Anna könne in irgendwelche sinistren sozialdemokratischen Machenschaften hineingezogen werden. Es war Schröter natürlich auch nicht verborgen geblieben, daß Gützkow sie in einer zurückhaltenden, aber doch deutlichen Form verehrte, wobei Schröter, wenn er Anna am Mittwochabend abholte, immer stumm und dumm danebenstand, wenn die beiden sich auf Platt verabschiedeten. Auf den Verdacht der politischen Geheimbündelei angesprochen, sagte Anna nur: Allens dumm tüch. Ik weet, wat ik weet. Was aber Schröter – und nicht nur, weil er es schwer verstand – nichts von seiner Sorge nahm.

Schröter hatte, nachdem er an Gützkow vorbeigefahren war, sein Rad auf der Straße gewendet, um Gützkow wieder einzuholen. Gützkow war eben nach rechts zum Bahnhofsplatz abgebogen, als ein vielstimmiger Jubelschrei der Schüler laut wurde. Als Schröter um die Straßenecke fuhr, sah er Gützkow mit seinem Rad am Boden zwischen lauter Kartoffeln liegen. Daneben stand ein erschrockener Bahnarbeiter, der immer wieder seine Unschuld beteuerte. Gützkow war mit einer kartoffelbeladenen Schottschekarre zusammengestoßen. Er war noch nicht einmal vom Boden aufgestanden, da war er schon von einer aufgebrachten Menschenmenge umringt, die ihn mit Stockschirmen wie mit Spießen in einer halb kauernden, halb stehenden Haltung festhielt. Man wollte seine Flucht verhindern, rief nach der Polizei, nach Vergeltung, nach Schlägen. Es war nur Schröters Eingreifen zu verdanken, daß der rothaarige Lehrer keine Prügel bezog. Schröter verwies auf den Bahnarbeiter, der sich aus seiner Schreckstarre gelöst und damit begonnen hatte, die heruntergefallenen Kartoffeln aufzusammeln. Dabei half ihm erst Schröter, dann Gützkow und schließlich die eben noch zur Selbstjustiz entschlossene Menge. Nur Gützkows Schulkinder standen auf der anderen Straßenseite und feixten.

Danach setzten sich Schröter und Gützkow in die Bahnhofswirtschaft, wo Gützkow oft saß, die Fahrpläne studierte und nachrechnete, wann er im heimatlichen Kolberg wäre, wenn er in den gerade auslaufenden Nachmittagszug nach Sonneberg einsteigen würde. Sie tranken Bier, planten gemeinsame Ausfahrten, die sie in die weitere Umgebung der Stadt führen sollten, und waren sich bald über die Gründung eines Vereins zur gegenseitigen Hilfe und Beförderung des Radfahrens einig.

5

War Onkel Franz nun wirklich der idealistische Fahrradpionier, der, wie es die Familienlegende wahrhaben will,
alles aufs Spiel setzte: Gesundheit, Eheglück und Geschäft? Und alles nur, um das Radfahren auch in dieser
rückständigen Kleinstadt durchzusetzen? Es gab noch
andere Gründe. Neben seiner Bewunderung für die
Schönheit der Maschine, neben dem Spaß an dem Neuen
und seiner Faszination für jegliche Form der Bewegung
gab es auch schlicht materielle Interessen. Er hoffte auf
eine Belebung seines Präparatorengeschäfts. Natürlich
war er nicht so naiv, zu glauben, daß allein sein häufige-
res – durch die Fahrgeschwindigkeit noch gesteigertes –
Erscheinen im Stadtbild die Leute dazu bringen würde,
ihre Jagdtrophäen jetzt bei ihm ausstopfen zu lassen. Er
wußte, daß sich Gewohnheiten weder durch Überredung
noch durch bessere Einsichten allein ändern, sondern nur
durch neue, andere Wünsche. War nicht das Hochrad, das
ja erfunden worden war, um das Gehen ins Rollen zu
bringen, wie eine Wunschmaschine? Man kam leichter
dorthin, und zwar im Sitzen, wohin man sonst lange und
mühsam, also auch schwitzend, gehen mußte. Überdies
wurde man aber auch noch von der Maschine mit Zeit
beschenkt. Mußte man früher, wollte man zur Kaninchenjagd in das Heiligkreuz-Holz, frühmorgens aufstehen und gute zwei Stunden gehen, konnte man jetzt eine
Stunde länger schlafen oder früher jagen, je nachdem, wozu man mehr Lust hatte.

Aber auch das Fahren selber veränderte die Sinne,
machte ein neues, schnelleres Sehen erforderlich, trainier-
te das Auge also für etwas, was Schröter in seinen aus-

gestopften Tieren darstellen wollte: Bewegung und Veränderung.

Schröters präparierte Tiere waren nicht mehr auf die Einbildungskraft der Betrachter angewiesen, die in den traditionell ausgestopften Tieren immer erst das Dachs-, Fuchs- oder Hundsein erkennen mußten, um erst dann in dem jeweiligen Exemplar einen Dachs, Fuchs oder Hund erkennen zu können. Schröters Tiere brachten in ihrer Statik anschaulich die Bewegung sowohl des Individuums als auch der Gattung zum Ausdruck. Eine Darstellungsweise, für die das Auge erst geschult werden mußte, ja, es mußte zunächst ein Interesse geweckt werden, das auch sehen zu wollen. Schröter wußte, daß so etwas Zeit brauchte. Erst danach würde sich seine Arbeit als Präparator bezahlt machen. Dazu würde langfristig auch das Fahrradfahren etwas beitragen, da diese Maschine das Zeitgefühl veränderte. Kurzfristig versprach indessen ein anderes Interesse Gewinn. Es kamen nämlich immer mehr Neugierige zu Schröter, die auch mal so ein Riesenrad besteigen wollten und nun erfragten, wo und wie man diese Räder bestellen könne. Die Idee, eine Fahrradagentur zu gründen, wurde Schröter regelrecht ins Haus getragen.

Dieses wachsende Interesse hatte ein Sonntagsausflug von Schröter und Gützkow nach Seßlach geweckt. Die beiden waren frühmorgens zusammen mit einigen Ausflugkutschen aus der Stadt losgefahren. Als die Kutschen Seßlach erreichten, saßen die beiden, als wären sie eine geheime Abkürzung gefahren, schon ausgeruht unter den Kastanien des Wirtshausgartens und aßen ihre in Blechdosen verpackten Stullen. Dazu tranken sie ein Gesöff aus Bier und Limonade, das sie vor den Augen des Wirts zusammengegossen hatten, mit dem Hinweis, sie wollten gerade und nicht im Zickzack nach Hause fahren.

Das also sind Radler, hatte der Wirt gesagt, als er die halbleeren Gläser abräumte, und hatte damit ganz unabsichtlich den Namen für das Getränk gefunden.

Schröter trug auf dieser Fahrt erstmals seinen Radfahranzug, den ein Photo im Familienalbum überliefert hat. Da steht Onkel Franz neben dem dunkel glänzenden Hochrad, das er mit der rechten Hand am Sattel festhält, er: mittelgroß, schlank, aber kräftig, das Kreuz betont durchgedrückt, ein rundes energisches Kinn, ein – wie meine Großmutter immer sagte – Kußmund, darüber ein gestutzter hellblonder Schnurrbart und dunkle, stechende Augen unter einer Schirmkappe, die ihm ein militärisches Aussehen gibt. Die Jacke hatte er sich nach einem eigenen Entwurf von dem Schneider Kutskovsky anfertigen lassen. Man erkennt verschiedene Taschen und Täschchen, die ihr ein betont praktisches Aussehen verleihen, und auf der Brust zwei senkrechte, raumgebende Springfalten. Sie ist etwas tailliert, hat einen Stoffgürtel und reicht über das Gesäß der Hose, die unterhalb des Knies über langen wollenen Strümpfen mit Schnallen verschlossen ist. Den rechten Fuß hat Onkel Schröter auf den Auftritt oberhalb des Hinterrades gestellt, als wolle er seine neuen englischen Radfahrschuhe in den Blick rücken, deren Oberteil aus Leinen gefertigt und mit Lederkappen verstärkt ist. Sie müssen ziemlich viel Geld gekostet haben, denn es gab darüber die erste ernste Auseinandersetzung zwischen ihm und Anna, die ihm vorwarf, das Geld zum Fenster hinauszuwerfen. Solche lumpigen Schuhe hätte sie ihm auch nähen können. Statt dessen läßt er sich diese

Latschen aus dem sündhaft teuren England schicken, wobei der Transport abermals Geld kostet.

Schröter hatte zunächst den Kauf mit Luftdurchlässigkeit, engem Pedalkontakt und extremer Leichtigkeit zu begründen versucht, dann – er konnte schlecht sagen, daß sie ihm gerade deshalb so gut gefielen, weil sie aus England kamen – hatte er einfach von der Sturzgefahr bei normalen Straßenschuhen gesprochen. Ihren Einwand, sie wisse nicht, woher sie das Geld für das Brot nehmen solle, hatte sie schon im Hinausgehen und wie unter Tränen gesagt.

Am späten Nachmittag waren Schröter und Gützkow in die Stadt zurückgekommen, lässig, eine Hand am Lenkrad, fuhren sie durch die Straßen, in denen Spaziergänger nach Hause strebten. Einer jener traumtötenden Sonntagnachmittage ging in einen jener immergleichen Abende über.

Dann aber begann ein jähes Getöse im Schröterschen Haus, ein Scherben und Klirren, als würde dort ein Polterabend gefeiert, ein Getöse wie in einer Kesselschmiede – war das nicht ein Schrank, der fiel, dazwischen die Stimme Annas, dieser starkknochigen Frau. Kämpfte sie mit Einbrechern? Aber man hatte doch eben noch Schröter von seiner Radtour zurückkehren sehen, braungebrannt und freundlich grinsend hatte er sein Rad in die Haustür gehoben. Jetzt hörte man Unverständliches von Anna: Dat denken lot mol de peer, dat isn jungesell, ik har nich een dösigen pedalenpedder freet, de lüd sin mi egol, versteist, egol, ik mot doch ansriven loten, jü strülcht da rum, nee. Erst langsam tauchte in diesem gewalttätigen Platt die Stimme Schröters auf, und es dämmerte all denen, die hinter Gardinen versteckt an offenen Fenstern lauschten, daß sie Zeugen des ersten laut ausgetragenen Ehestreits der Schröters wurden. Und natürlich kannte jeder den Anlaß dieses Streits.

Das Fahrradfahren galt seinerzeit nicht nur als gefährlich – immerhin trennte die Maschine Gliedmaßen ab – und ungesund, angeblich förderte es die Schwindsucht, sondern es galt auch als moralisch anrüchig, durchaus der Trunksucht vergleichbar oder der Spielleidenschaft, die einen leicht um Haus und Hof bringen konnten.

Schröters Verschuldung war dramatisch gestiegen, und bei Metzgermeister Schön konnte Anna nur noch anschreiben lassen, weil sie sich jedesmal geduldig seine anatomischen Exkurse über Rindermägen und Kalbsherzen anhörte, ja ihn sogar durch gezielte Fragen dazu brachte, eine Kalbsmilz so klein zu sezieren, daß er ihr die Schnipsel kostenlos einpackte.

Die ersten Fahrradinteressenten, die sich bei Schröter meldeten, gehörten zu den begüterten Stutzern und Tagedieben, von denen es in der Stadt nicht viele gab: der Sohn eines Ziegeleibesitzers, der Heldentenor vom Hoftheater und der Juniorchef einer Wurstdarmfabrik. Diese drei führte Schröter gegen Anna an, wenn sie ihn drängte, die Tunixmaschine, wie sie das Rad nannte, zu verkaufen. Schröter nannte diese drei als Beispiele für künftige Geschäfte, aus denen leicht gutes Geld zu ziehen sei. Er wollte sich darum für das Herzogtum die Alleinvertretung der englischen Räder sichern. Das Geld lag doch buchstäblich auf der Straße. Also schrieb er an die Firma Bayliss, Thomas & Co nach Coventry, ob er als Alleinvertreter im Herzogtum Sachsen-Coburg und Gotha Hochräder vertreiben könne. Die Firma schrieb postwendend zurück, sie würde ihm die Alleinvertretung unter drei Bedingungen überlassen: Erstens müsse er mindestens fünf Räder bestellen, zweitens Ersatzteile führen und drittens ausschließlich Räder der Firma handeln. Anna warnte vor weiteren Schulden, vor den Geschäftsbedingungen, überhaupt vor diesem Fahrradfimmel, aber all ihre Kraft und Energie nutzten nichts gegen die Zähigkeit, mit der Schröter seine Träume verfolgte. Er bestätigte den Brief und die Bedingungen der Firma und bestellte fünf Räder. Er bezahlte mit einem kurzfristigen Kredit, für den er sein halbbezahltes Haus setzte, und bat die englische Firma dringlich, die fünf Räder möglichst schnell auf den Weg zu bringen. Der war aber, obwohl durch Eisenbahnen und Dampffähren inzwischen stark verkürzt, dann doch für die kurze Laufzeit des Kredits zu lang. Onkel Franz wäre ohne den mysteriösen Tod der herzoglichen Dogge noch vor Eintreffen der Räder bankrott gewesen.

Der Herzog: mittelgroß, rundlich, ein immer gerötetes Gesicht, das hohen Blutdruck und großen Alkoholkonsum verriet, pflegte nachmittags auf stämmigen Beinen spazierenzugehen, drei Schritte hinter ihm sein Diener, der in der einen Hand einen Regenschirm und in der anderen einen kleinen Lederkoffer trug. Den beiden voran ging Erwin, eine deutsche Dogge, wie ein Kalb schwarzweiß gefleckt, es schaukelten wie Glocken die schweren Hoden, es hüpften knorpelige Hautgeschwülste an Flanke und Oberschenkel hoch und runter. Erwin war der treue Wächter seines Herrn, der schwor, Erwin habe eine Nase für umstürzlerische Charaktere. Der Herzog verstieg sich sogar zu der Behauptung, das Tier könne Sozialdemokraten riechen, und erzählte immer wieder, wie Erwin eines Tages einen Mann im Schloßtreppenhaus gestellt habe, der gerade vom Schloßdach heruntergestiegen war, ein Dachdecker, der angeblich neue Dachziegel verlegte. Der Mann stand verängstigt in einer Ecke. Das Tier hatte ihm mit einem Biß das Hosenbein ausgefranst. So in die Enge getrieben und befragt, stellte sich heraus, daß es sich um ein Subjekt namens Heinemann handelte, einen verkappten Sozialisten, von dem man sich erzählte, daß er, durch die neuerlassenen Gesetze am öffentlichen Hetzen gehindert, in Kneipen und hinter vorgehaltener Hand prophezeite: Mit den Steinen der Schlösser werde man noch die Straßen der Republik pflastern. So konnte, dank des Geruchssinns der Dogge, der Mann entlarvt und von seiner umstürzlerischen Arbeit auf dem herzoglichen Dach entfernt werden.

Um so überraschender muß es für den Herzog gewesen sein, als auf einem Nachmittagsspaziergang die Dogge eine junge Frau anknurrte, die höflich einen Knicks machte, dann aber bleich vor Schreck erstarrte und erst durch den herzoglichen Ruf: Bei Fuß, Erwin, aus ihrer hockenden Haltung erlöst wurde. Die Frau ging weiter, gefolgt von dem schnüffelnden Erwin. Beide verschwanden hinter den dichten Rhododendronbüschen, rechts vom Weg hellgelb, links blaßrosa blühend. Der Kammerdiener war stehengeblieben und klappte den kleinen Lederkoffer auf. Die Frau des neuen Präparators, sagte er, ein Velocipedist. Der Herzog wählte unter den vier silbernen Flaschen eine, schraubte den Verschluß auf, roch, nahm einen Schluck, schmeckte und sagte: Der mit diesen gruseligen Viechern. Nicht. Aber daß Erwin geknurrt hat, sonderbar. Er trank jetzt zügig, gleichmäßig wanderte der Adamsapfel unter der Fleischdecke hoch und runter. Der Herzog gab die Flasche zurück und pfiff der Dogge.

Erwin kam aus dem Gebüsch, langsam, blieb stehen, als habe er etwas vergessen, dann knickten ihm die Hinterbeine ein, mit einem kläglichen Jaulen versuchte er, auf den Herzog zuzukriechen, mit einem konvulsivischen Würgen, als ringe er nach Luft, ein Hecheln – und fiel jäh tot um.

Der Herzog starrte den massigen Körper seiner Dogge an, und später hieß es, er habe geweint. Er befahl dem Diener, bei dem Hund zu bleiben, damit ihn die Krähen nicht anfräßen. Er sagte noch: Dieses Tier war Treue. Dann ging er zum Schloß und gab die Anordnung, Erwins Kadaver zu holen. Abends stand er grübelnd am Fenster und sah, wie sich die Dunkelheit im Schloßhof sammelte und langsam aufstieg. Die Laternen vor dem Hoftheater wurden angezündet. Man gab den Sommernachtstraum. Fledermäuse schossen am Fenster vorbei. Seine Untertanen sahen ihn oben am Fenster stehen, ein massiger schwarzer Schatten.

Am nächsten Morgen wurde Schröter von einem Boten ins Schloß gerufen. Einen Moment schwankte er, ob er nicht mit dem Hochrad hinfahren solle, dann aber zog er seinen dunklen, in England aus Manchestertuch gefertigten Anzug an, den er noch sechzig Jahre lang jeden Sonntag und zu allen Beerdigungen, Hochzeiten, Verlobungen, Konfirmationen und endlich auch zu seiner Beerdigung tragen sollte, und machte sich auf den Weg. Der Kastellan führte ihn in den Schloßkeller, wo, es war Anfang Juli und sehr heiß, von Eisstangen umgeben, wie Schneewittchen im gläsernen Sarg, Erwin lag.

Schröter erhielt den Auftrag, Erwin möglichst lebensnah auszustopfen. Ein Stallknecht legte mit Schröters Hilfe den schweren steifgefrorenen Kadaver auf eine

Schubkarre, dann schoben sie los. Erwin lag auf der flachen Karre, die Beine angezogen, als friere er, das Maul verrutscht, die Lefzen hängend, ein Auge halb geöffnet, was ihm etwas Lauerndes, Tückisches gab. Der Stallknecht schob die Karre, und hinter ihm, gut drei Meter zurück, ging Onkel Franz im dunklen Anzug wie auf einem Begräbnisgang, hielt auch den Blick fest auf den Boden gerichtet, nicht aus übertriebener Pietät oder aus Peinlichkeit über diesen grotesken Umzug mitten durch die Innenstadt, wo sich, es war Markttag, die Kauflustigen drängten, und alle, alle starrten diesen Trauerzug an. Was meinen Onkel den Blick senken ließ, war die qualvolle Angst, irgend jemand könne Giftmörder rufen, ein Ruf, der sich von Stand zu Stand über den Markt fortpflanzen würde, bis er das Schloß erreichen würde: Giftmörder.

Der Stallknecht hatte Schröter, als sie, aus dem Schloßtor kommend, in den Steinweg einbogen, von jenem Gerücht erzählt, das in der Stadt die Runde machte: Anna habe die herzogliche Dogge mit Arsen vergiftet.

Schröter hätte auf dem Weg trotzig und offen in die neugierigen Gesichter geblickt, wäre da nicht ein peinigender Verdacht gewesen. Er hatte sich natürlich sofort die Frage gestellt: Ist sie zu so einer Tat fähig, und dann, in sich hineinlauschend, hörte er mit Erschrecken die Antwort: Ja. Es war ein Ja ohne jeden Zweifel. Und in seinem Erschrecken war zugleich auch ein Schauder der Bewunderung.

Der Verdacht, der damals auf Anna fiel, war nicht einmal aus der Luft gegriffen, da Schröter, neben den Ärzten und den anderen Präparatoren, jederzeit Arsenik in der Hofapotheke beziehen konnte. Und man wußte

schließlich, daß Schröter schon einmal durch den Tod
eines herzoglichen Hundes, des Mopses, zu Geld gekommen war. Zwei Todesfälle unter den Lieblingshunden in
so kurzer Zeit, das war schon äußerst seltsam. Und hatte
man nicht Anna mit einem kleinen Korb im Hofpark
gesehen, zu einer Zeit, in der normalerweise niemand
außer dem Herzog und ein paar Pensionären spazierenging, also in der Geschäftszeit? Hinzu kam, was Metzgermeisterfrau Schön zu berichten hatte: Anna Schröter habe
bei ihr, erstmals seit sie in Coburg wohne, ein halbes
Pfund Rinderfilet gekauft, das heißt, anschreiben lassen.
Und jeder wußte doch, daß die Dogge des Herzogs ausschließlich Filethack fraß. Ein Komplott, hieß es, raf-
finiert eingefädelt, um einen bedeutenden Auftrag vom
Hof zu ergattern. Es war ja stadtbekannt, daß bei
Schröters, schon wegen Franz Schröters Radfahrsucht,
Schmalhans Küchenmeister war. Und jetzt plötzlich Filet,
wenn auch nur ein viertel Pfund, wie Metzgermeister
Schön von seiner Frau abweichend erzählte. Und dann,
als Schröter tatsächlich den Auftrag bekam, das Tier auszustopfen, als ihn die Stadt sah, wie er vom schlechten
Gewissen gequält hinter der Schubkarre herging, auf der
nun der arme Erwin in die geheimnisvolle Schrötersche
Werkstatt geschoben wurde, wo dann seine ebenso geheimnisvolle Umwandlung ins Unvergängliche geschah,
da gab es keine Zweifel mehr, und das Gerücht wurde zur
Gewißheit.

Hatte meine Tante Anna die herzogliche Dogge auf
dem Gewissen? Onkel Franz kamen nach seinem prinzi-
piellen Ja zur Tatfähigkeit doch einige Zweifel an der
konkreten Ausführung, wie also Anna tatsächlich Erwin
mit vergiftetem Filethack aus dem Weg geräumt haben

sollte. Zum einen hatte er wirklich an Erwins Todestag zu Mittag zwei Filetsteaks gegessen – es war ihr zweiter Hochzeitstag –, wenn auch nur in Oblatengröße. Zum anderen war das Erscheinungsbild des Doggentodes für eine Arsenvergiftung ungewöhnlich. Es war übrigens Frau Schön, die fast sechzig Jahre später den Tod ihrer Dogge durch eine akute Arsenikvergiftung aus nächster Nähe miterleben sollte. Metzgermeister Schön junior, der nach dem Tod seines Vaters, des Amateur-Anatoms und Tierstimmenimitators, die Metzgerei weiterführte, hielt sich aus Anhänglichkeit zum coburgischen Herzoghaus, aber auch aus Gründen der Abfallverwertung stets eine deutsche Dogge. Diese Dogge war – ich entsinne mich meines Schauderns – damals größer als ich und fraß zur Belustigung der Kunden nur dann, wenn man zu den hingeworfenen Fleischfetzen sagte: Ist nicht vom Jud!

Dann aber kam der durchsonnte Frühlingstag im April fünfundvierzig. Die Pflastersteinbarrikade in der Mohrenstraße, die zur Straße der SA arisiert worden war, hatte die amerikanische Armee nicht aufhalten können. Und so gab es auch in Coburg keinen Endsieg. In den Häusern wurden, während draußen die amerikanischen Panzer kettenschlagend durch die Straßen fuhren, die Führerbilder, Kriegsverdienstkreuze, Ehrendolche, Hoheitsadler, Parteiabzeichen, SA-Standarten, HJ-, BDM-, NSKK-, NSFK-Wimpel, braune, schwarze, graue, grüne Uniformen vergraben, verbrannt, versteckt oder aber auch nur umgefärbt, und alles war, wie es früher war – nur die Juden waren nicht mehr da. Und niemand konnte sagen, wo sie geblieben waren, und als man es den Leuten sagte und ihnen auch Bilder zeigte, da waren sie alle sehr erstaunt und alle sagten: Das haben wir nicht gewußt. Nur die Schlachter-Dogge, bekannt für die bis an Blödheit grenzende Treue aller Doggen, fraß nicht mehr. Die Dogge saß da und winselte und fiel vom Fleisch und winselte immer lauter, Tag und Nacht, so daß niemand mehr schlafen konnte. Da bat die alte Frau Schön die alte Frau Schröter um eine Gefälligkeit. Und die alte Frau Schön, die noch so genau die Grammzahl im Kopf hatte von jenem Stück Filet, das Anna vor sechzig Jahren bei ihr gekauft, das heißt hatte anschreiben lassen, stellte ihrer Dogge eine Schüssel mit Pansen hin und flüsterte dem Tier etwas ins Ohr. Da fraß die Dogge sofort und gierig und schlang den liebevoll drapierten Pansen hinunter. Aber wenig später begann ein entsetzliches Stöhnen, das die ganze Nachbarschaft hörte, das Tier erbrach den Pansen und danach mit einem den ganzen Körper durchlaufenden Würgen Blut, und in der Nacht schwarze Galle, wimmerte wie ein Kind, röchelte, ausgetrocknet das Maul, die Zunge von tiefen Rissen gefurcht, erbrach am Morgen des zweiten Tages Teile des eigenen Magens, graugrün, bis es endlich verendete.

Warum ergriff nicht Frau Schöns Enkel Ernst, der doch auch Metzger gelernt hatte, eines seiner scharfen Schlachtermesser, um der Qual ein Ende zu bereiten, er, der bei den Panzergrenadieren gekämpft und für Tapferkeit vor dem Feind das Eiserne Kreuz bekommen hatte, er, der bei dem Versuch, einen russischen Panzer mit Hafthohlladung in die Luft zu jagen, den rechten Fuß mit Unterschenkel für Führer, Volk und Vaterland verloren hatte? Er sagte: Nein, er könne das Tier nicht töten, nicht mit dem Messer, nie und nimmer, er sei doch zusammen mit der Dogge großgeworden. Vielleicht war es zu wenig Arsenik, vielleicht war das Herz der Dogge zu stark, es war jedenfalls ein Tod, von dem die Nachbarn noch Jahre später reden sollten.

Erwin hingegen war, wie der Herzog erzählte, gekommen, um ihm die Hand zu lecken, und war auf dem Weg umgefallen. Ein Herzschlag. Der anderslautende Bericht stammt vom Kammerdiener: Danach war das Tier in Krämpfen gestorben, allerdings in nichts zu vergleichen mit den langen, grauenvollen Qualen der Schlachter-Dogge.

An jenem Morgen ging Schröter jedenfalls mit schlechtem Gewissen hinter Erwin her. Zu Hause angekommen, trug er ihn, der inzwischen aufgetaut war, mit Hilfe des Stallknechts in die Werkstatt.

Schröter überlegte, ob er Anna fragen solle, was an dem Gerücht sei, verwarf aber den Gedanken, vielleicht aus Angst vor einem Ja, und sprach nie wieder über dieses Gerücht, das langsam zur Legende wurde: Schröters Ansehen und Reichtum beruhe auf einem Giftmord an der herzoglichen Dogge. Das geriet mit der Abdankung des Herzoghauses in Vergessenheit. Onkel Schröters eigene Legende hingegen ist noch heute in der Familie lebendig: Er habe den Auftrag, Erwin auszustopfen, nur deshalb bekommen, weil er das Velocipedfahren nach Coburg gebracht habe. Der Herzog mußte fortan nicht mehr stumm mit anhören, wie sich die Reichsfürsten von dem Radverkehr in ihren Residenzen erzählten, in München, Stuttgart, Dresden und in Berlin sowieso.

6

Nach zwei Wochen lieferte Schröter das Tier ab. Der entzückte Ausruf des Herzogs ist überliefert: Pygmalion.

Schröter hatte Erwin mit einer ganz erstaunlichen Detailtreue bis in seine einzelnen Hautgeschwülste ausgestopft. Erwin sitzt auf den Hinterbeinen und ist im Begriff, die rechte Pfote zu heben, die er, was Schröter erfragt hatte, gewöhnlich dem whistspielenden Herzog in den Schoß legte. Der Hodensack hängt schwer und doch vertrauenerweckend auf den Boden, der Penis ist leicht, aber nicht aufdringlich ausgefahren, die Kopfhaltung und die Glasaugen, eine Spezialanfertigung einer Sonneberger Puppenaugenfabrik, verleihen Erwin den artbekannten treuen Blick, dem Schröter aber durch Blickrichtung und Lidstellung etwas intensiv Verständnisvolles zu geben wußte – und damit ein wenig das dümmlich Fassungslose des lebenden Vorbilds korrigierte.

Der begeisterte Ausruf des Herzogs ließ zwar das Gerücht über den Tod seiner Dogge nicht verstummen, aber er bewirkte doch, daß jeder in der Stadt, dem ein vertrautes Haustier gestorben war oder der einen kapitalen Hirsch, eine Wildsau oder einen Auerhahn geschossen hatte, diese Kreatur zu jener erwinhaften Lebendigkeit verewigt haben wollte.

Die Arbeiten von Schröter waren plötzlich gefragt, und wer etwas auf sich hielt, verbannte seine ausgestopften Pelzwürste und Federsäcke auf den Dachboden oder in den Keller. Sogar die drei alteingesessenen Präparatoren ließen über entfernte Verwandte Tiere von Schröter ausstopfen, die sie sodann zu Hause auftrennten, um deren innerstem Geheimnis auf die Spur zu kommen. Denn die plastizierte Dogge, wie Schröter Erwin nach der Fertigstellung nannte, war von einer unfaßlichen, nie gekannten Leichtigkeit. Bislang hatten Tiere solcher Größenordnung, waren sie fertig ausgestopft, nichts von ihrem früheren Lebendgewicht verloren. Ein Innengestell, das die Gebilde aufrecht hielt, war aus massivem Holz und wurde sodann mit Lumpen und Werg umwickelt, bis es in Fülle und Gestalt dem Vorbild zu ähneln begann. Ein ideales Ökosystem für Motten, Silberfische und Holzwürmer. Schröter hingegen hatte die Drahtplastik entwickelt, ein äußerst zeitaufwendiges, ja umständliches Verfahren, das aber die Naturtreue erst ermöglichte. Zunächst modellierte Schröter wie ein Bildhauer das Tier in Ton, den er auf ein die Körperhaltung bestimmendes Eisengestell auftrug. Der abgekochte Schädelknochen wurde, wo früher Muskulatur und Bindegewebe war, mit Gips aufgefüllt. Ein Drahtgestell wurde in Form und Umfang der Tonplastik nachgebogen und mit Eisenstäben verstärkt. Die Körperumrisse wurden sodann durch einen aufgelegten Maschendraht festgelegt, der Originalschädel wurde auf das Gestell gesetzt. Von der Tonplastik wurde ein Gipsabdruck gemacht, der dann abermals in Gips abgegossen wurde. Diesen Abguß trug Schröter auf das Drahtgestell auf. So blieb der Innenraum hohl, während in der Gipsoberfläche jede Rippe, jede Sehnenkerbe, jeder Muskelstrang ausgeprägt war.

Anders als der Tierstimmenimitator Schön brauchte Schröter bei seiner nachahmenden Arbeit die Anschauung des Originals. Darum brachte er Erwin, als er seine Arbeit an der Tonplastik begann, in eine sitzende Stellung und umbaute ihn mit Stangeneis, denn es waren glühend heiße Tage. Jeden Morgen hielt das Fuhrwerk der Coburger Eisfabrik vor Schröters Laden. Der Fuhrmann hackte seinen Handpickel in die dampfenden Eisstangen, zog sie zur Wagenkante, nahm eine auf seinen ledernen Nakkenschoner und trug sie mit angehaltenem Atem in die Werkstatt, wo Erwin auf den Resten der gestrigen, inzwischen abgetauten Eisstangen saß. Der Gestank war, trotz des Eises, bestialisch, dieser unerbittlich alles durchdringende Aasgeruch trieb Anna von Stockwerk zu Stockwerk höher hinauf, bis sie die letzten Nächte unter dem Dach schlief. Der Aasgeruch stand wie eine Glocke über Haus und Gasse, bis zur Metzgerei Schön, so daß Schön von Geschäftsschädigung sprach und mit einer Anzeige drohte.

Anna entgegnete ihm, was da stinke, sei immerhin eine herzogliche Dogge.

Niemand konnte verstehen, warum sich jemand nur wegen einer naturgetreuen Abbildung diesem höllischen Gestank aussetzte. Was Schröter übrigens auch nur im Fall Erwins tat. Normalerweise vermaß und skizzierte er das Vorbild und zog ihm dann, bevor es einen Hautgout bekam, das Fell über die Ohren. Jetzt aber stand er in der Werkstatt, auf die in der Mittagszeit die Sonne brannte, vor dem sich langsam in Gestank auflösenden Erwin, umgeben von tropfenden Eisblöcken, und spachtelte Tonklumpen auf das Eisengestell, knetete, kämpfte mit Wasser gegen Risse, was wiederum Tonlawinen auslöste, glättete, rundete und erbrach am zweiten Tag sein Frühstück, fastete fortan, verließ vom Abend des dritten Tages an die Werkstatt nicht mehr, weil er wußte, daß er nie und nimmer aus der frischen Luft in den blasenwerfenden Aasgestank hätte zurückkehren können.

Am fünften Tag aber, abends, erschien er vor der Ladentür, abgemagert, graugrün im Gesicht, selbst einer Leiche ähnlich, und atmete auf. Die Tonplastik war fertig, der Kadaver neben den Resten des Mopses im Hof vergraben.

Ich frage mich heute, wie man sich damals gefragt hat: Warum diese selbstquälerische Schinderei? Warum diese Detailbesessenheit? Hätte es nicht gereicht, Erwin aus der anschauenden Erinnerung nachzubilden, so wie Schröter normalerweise und doch ähnlich genug arbeitete? Schuf er mit diesem Werk zugleich dessen Entstehungslegende? Sicherlich wußte er, daß er nur mit einem dermoplastischen Glanzstück den finanziell so dringlichen Durchbruch schaffen, also auch ins Geschäft kommen und nicht nur bestaunt werden würde. Die mündliche Überlieferung in der Familie weiß nichts von seinen enormen Schulden, sie berichtet von seinem künstlerischen Anspruch, seiner kompromißlosen Radikalität, seiner Obsession für Bewegungen, seinem Fleiß, seiner Ausdauer und seinem Fanatismus, Natur wahrheitsgetreu nachzubilden. Es war ja auch die Zeit, in der man damit begann, ähnliches in Kunst und Literatur zu versuchen. Wobei gesagt werden muß, daß Schröter in seinem Fach an der Spitze der Entwicklung stand.

Dabei war er eher zufällig und keineswegs aus Berufung Präparator geworden. Sein Vater war Gerber im Thüringischen. Eine naheliegende, aber kurzschlüssige Erklärung für Schröters Ausstopfbesessenheit würde die Ursache in der frühkindlichen Erfahrung mit der rabiaten Arbeit des Vaters suchen, der ja das, was einmal lebensrund war, zur platten Fläche riß und dehnte, so daß in dem Kind der Wunsch aufkam, diese Flächen wieder in körperliche Formen zurückzuverwandeln, gleichsam als

Widerlegung des gewaltsamen väterlichen Über-Ichs. Zumal Schröters Vater von einer brachialen Autorität gewesen sein muß.

Der Vater führte die Woche über eine Strichliste der Vergehen seiner sechs Kinder. Am Freitagabend wurde abgerechnet. Es gab eine Straftabelle von Zuspätkommen (einen Hieb) bis zu Lügen (fünf Hiebe). Über den Stand ihrer Strafe konnten sich die Kinder anhand der Kreidestriche informieren. So stellten sich am Freitagabend die sechs Kinder nach Alter auf und bekamen vom Vater, der sich erst danach die Gerberhände wusch, die Prügel. Der Delinquent legte sich über eine dickgepolsterte Sofalehne, der Vater stemmte ihm das linke Knie ins Genick, drückte den Kopf ins Polster und schlug mit einem Haselnußstock auf das Gesäß, laut mitzählend, bis die Reihe an den kleinen Franz kam, der in einem zitternden Entsetzen bis zuletzt die Züchtigung der anderen mit ansehen mußte, dabei hoffend, was er doch niemandem wünschte, daß die möglichst lange geprügelt würden. Bis er eines Tages die Bewegungen des Vaters beobachtete und dabei entdeckte, wie unbequem dieses Prügeln für den Vater war, der in einer grotesken Verrenkung dastand, das linke Knie im Genick eines seiner Kinder, und sich weit nach hinten und dann noch seitwärts biegen mußte, um mit der gewünschten Wucht auf den Hintern schlagen zu können.

In dieser ganz auf den Bewegungsablauf konzentrierten Aufmerksamkeit wurde die wahnsinnige Angst des in der Schlange wartenden Franz' regelrecht verschluckt, und das Erstaunlichste – lag Franz dann selbst mit dem Gesicht im weichen Sofasamt, ließen, wenn er sich genau die einzelnen Bewegungen seines Vaters vor Augen rief, die Schmerzen nach: das langsame Heben der Faust, weit nach hinten über den Kopf hinaus, dieses winzige Zögern, bevor die Faust vom höchsten Punkt heruntersauste, bis der Stock das Gesäß traf, die Faust aber noch etwas weiter, den Stock durchbiegend, hinunterfuhr, mit einer innseitigen Drehung des Gelenks gehoben wurde, langsam, weit nach hinten über den Kopf hinaus. So entdeckte Franz Schröter, daß die Bewegung sich aus winzigen statischen Momenten zusammensetzt. Das infinitesimale Sehen ist ihm buchstäblich eingebleut worden. Von den Freitagabenden blieb als Erinnerung ein juckender Schmerz.

Aber Präparator war er nur zufällig und gegen seinen Willen geworden. Allein der Geruch nach Beize, Sägespänen und ranzigem Fett, der vom Vater ausging, erzeugte bei ihm einen Brechreiz, weswegen er denn auch jedesmal, wenn der Vater ihn an sich zog, die Luft anhalten mußte.

Franz hatte Uhrmacher werden wollen. Schon als Kind konnte er Uhren auseinandernehmen und wieder zusammensetzen. Aber er hatte keine Lehrstelle gefunden, und so war er zu einem Präparator, der eine Stelle freihatte, gekommen. Und doch hatte damit, auf eine geheimnisvolle Weise, seine besondere Fähigkeit ihren Beruf gefunden, wenn auch einen ungeliebten.

Die Ablieferung Erwins war, nach vierzehn Tagen Arbeit, von Schröter wie ein Demonstrationszug für sein Hochrad inszeniert worden.

Er hatte einen Dienstmann bestellt, der zog einen Tafelwagen, auf dem Erwin saß. Hinter dem Tafelwagen fuhr Schröter auf seinem Hochrad. Er mußte nach allen Seiten grüßen, denn es war wieder Markttag. Ein Triumphzug, wobei die Leute wohl weniger über das Hochrad als über den wiederauferstandenen Erwin staunten.

Sechzig Jahre später habe ich an der Hand von Onkel Franz Erwin noch mit eigenen Augen bewundern können. Er saß in einem staubigen Zwielicht zwischen Paravents, zerfledderten Sofas und schiefen chinesischen Lacktischen. Es war, glaube ich, ein Seitenflügel des Schlosses, den man als riesige Abstellkammer benutzte. Ich stand und wartete, daß Erwin endlich die Pfote hob. Onkel Franz klopfte ihm vorsichtig den Staub vom Fell. Dennoch, streicheln mochte ich Erwin nicht. Zwischen Bauch und Geschlecht hing ihm ein Spinnwebennetz.

Nur wenige Monate später sollte Erwin die ganze Stadt noch einmal sehen. Zwei Tage nachdem die Amerikaner die Stadt besetzt hatten und sich kein Coburger in einen Werwolf verwandelt hatte, tauchten die GIs in den Straßen und Gassen auf. Sie kurvten mit ihren Jeeps und aufgedrehter Musik durch die Stein-, Mauer-, Nägleins- und Ketschengasse, wo Kreisleiter Feigtmayr in seiner kackbraunen Parteiuniform stand und die Straße fegte. Dem versuchten sie die Hacken von seinen juchtenledernen Stiefeln abzufahren. So sprang er, den Reisigbesen in den Händen, immer wieder auf den rettenden Bürgersteig. Da, in dieser wilden Jagd, tauchte plötzlich auch Erwin auf. Er saß auf der Motorhaube eines Jeeps, keine Spinnweben mehr an den Hoden, der Staub vom Fahrtwind weggeblasen, die Augen leuchteten, schwarz und feucht glänzten die Lefzen. Auf den Rücken hatte man ihm einen Wimpel mit dem Divisionszeichen gebunden, einem Wolfskopf. So sah Erwin als Divisionsmaskottchen noch einmal die Stadt, fuhr die Obere Klinge hinauf, wo ein paar freigelassene Ostarbeiter die Speisekammer einer Villa ausräumten, die Untere Klinge wieder hinunter, wich einem Trupp deutscher Soldaten aus, die abgerissen und von heute auf morgen verlottert in die Gefangenschaft latschten, fuhr die Allee entlang, die nur Allee hieß, wo Hakenkreuzfahnen und HJ-Wimpel verbrannt wurden, zur Festungsstraße, vorbei an einer umgekippten Gulaschkanone, einem ausgebrannten Wehrmachtslaster, beladen mit ballonartig aufgequollenen Leberwurstdosen, die von Frauen in Block- und Kinderwagen umgeladen wurden, hinauf zur Veste Coburg, wo auf dem Hof deutsche Krankenschwestern mit GIs tanzten. *In the mood* dröhnte es in den Bastionsmauern, und oben aus einem Burgerker sang Bing Crosby in den ersten warmen Frühlingstag: *I'm dreaming of a white Christmas.*

Dieser gummileise Schritt der Soldaten, dieses ständige schiefe Kauen und diese Musik, die keinen Fuß stillstehen ließ, das war neu für Erwin. Sonst war alles beim alten geblieben. Auch Herzog Carl Eduard hatte seine SA-Gruppenführer-Uniform aus- und einen Anzug in unauffälligem Graugrün angezogen. Man war noch mal davongekommen. Es war ein wolkenloser Apriltag. Am Himmel ein paar Kondensstreifen, Bomber, die Richtung Erfurt flogen, wo noch gekämpft wurde.

Am nächsten Tag begann es zu regnen. Der Sergeant klappte das Verdeck seines Jeeps zu und ließ Erwin, weil er glaubte, der sei aus unvergänglichem Stoff gemacht, im Regen sitzen. Er kurvte durch die Stadt, bis der regennasse Erwin plötzlich seine ewig erhobene Pfote wieder absetzte und den Kopf, als sei er müde, langsam sinken ließ, so daß der Sergeant, vor Schreck starr, bremste, da er glaubte, das sich hinlegende Tier sei vom Tode auferstanden, aber dann sackte Erwin ganz in sich zusammen.

Es gehört zur persönlichen Tragik von Onkel Franz, daß er im hohen Alter noch diesen aufgeweichten Haufen aus Gips, verrosteten Draht- und Eisenstangen auf einem Jeep durch die Straßen fahren sah. Tragisch nicht nur deshalb, weil das der groteske Rest all seiner Arbeit, Mühsal und Fähigkeiten war, sondern mehr noch, weil ihm dieser Fellklumpen, der wie ein niedergewalztes Kalb aussah, als Symbol erscheinen mußte: Sein Traum vom Hochradfahren.

7

Während der kleine Coburger Hofstaat mit vielen Ahs und Ohs Erwin bestaunte, die Herzogin ihn mit ihrem ausgestopften Mops Arabella verglich, der Herzog den von Chronisten überlieferten Ausruf machte: Pygmalion, Schröter also einen Augenblick ganz unbeachtet hinter seinem Werk stand, gab ihm das Fräulein von Götze die Hand, die wie ein kleiner Fisch in seiner lag, so kalt und naß, und gratulierte ihm zu seiner Arbeit, sagte, wie schon beim Mops, er sei ein Künstler und ein Artist dazu, sie habe ihn nämlich neulich in der Ketschengasse gesehen, ein wunderbarer Anblick, wie er alles Plumpe, Erdenschwere abgeworfen habe und in einer unfaßlichen Balance dahingefahren sei. Sie sah ihn an, sie bohrte sich regelrecht mit ihren hellblauen Augen in sein Gesicht, ihr langes hellblondes Haar spaltete sich über einer hohen Stirn, und sie wirkte in ihrer nervösfleckigen Röte wie zwanzig, war aber schon, was sie nie bestätigte, Mitte Dreißig. Ich habe Sie bewundert, sagte sie. Ich würde das auch gern lernen. Er hörte sich ja sagen und dachte, das geht doch gar nicht, das ist doch ganz unmöglich. Er hatte in England, wo ja vieles möglich war, nur einmal eine Frau auf einem Hochrad gesehen. Sie saß in einem Damensattel, also mit beiden Beinen auf einer Seite, schräg, und trat ein kleines Brettchen wie eine Nähmaschine, das über eine Schwungachse das Vorderrad antrieb. Eine todesmutige Frau, die in dieser Höhe seitlich sitzend durch die Gegend fuhr, wobei völlig unklar war, wie sie je in den Sattel gekommen sein konnte, aber sie fuhr. Denn, das hätte er dem Fräulein von Götze erklären müssen, den Sattel eines gewöhnlichen Hochrads konnte man mit Röcken nicht besteigen, es sei denn, man hätte sie wie Schwalbenschwänze hochgebunden, was doch unmöglich war. Das alles hatte der verwirrte Schröter Fräulein von Götze sagen wollen, und er dachte sogar noch daran, als er, vom begeisterten Herzog befragt, die Ausstopftechnik erklärte, aber so zerfahren und einsilbig, daß der Herzog den Eindruck bekam, Schröter wolle sein Geheimnis nicht preisgeben. Darum lenkte er das Gespräch auf das Velocipedfahren, das Schröter in der Stadt eingeführt haben solle. Da verwandelte sich Schröter vor den Augen aller. Eben noch ein Mann, der linkisch seinen Hut in den Händen drehte, stand er jetzt wie auf glühenden Kohlen, redete mit einer entzügelten Gestik und Begeisterung, von dem wohltuenden und verändernden Einfluß dieser Maschine auf Geist und Körper des Menschen: zuallernächst würden die Beinmuskeln ausgebildet durch das schnelle An- und Entspannen, was ja erst die Fortbewegung der Maschine ermögliche. Diese Stärkung der Muskeln ließe denn auch die Velocipedisten mit Leichtigkeit längere Fußtouren zurücklegen, Berge ersteigen und auch größere Gewaltmärsche als Infantristen bewältigen. Von besonderer Wichtigkeit aber sei die Wirkung des

Velocipedfahrens auf den Unterleib. Mit dem Zusammenziehen und Erschlaffen der Schenkelmuskulatur erfolge, wie man leicht erkennen könne – Schröter machte, auf dem linken Bein stehend, mit dem rechten die Tretbewegung in der Luft –, gleichzeitig eine solche der Bauchmuskulatur. Dadurch entstehe eine der Massage des Unterleibs ähnliche Wirkung.

Hier wurde Schröter durch das Kichern der Hofdamen unterbrochen, und Fräulein von Stettau machte wie immer hinter der vorgehaltenen Hand eine ihrer geistreichen Bemerkungen, die Schröter aber nicht verstehen konnte, auch hatte er sich in einen solchen Schwung geredet, daß der ihn nun bedenkenlos fortriß. Bekanntlich benutze man heutzutage die Massage, um den Darm zu Bewegungen anzuregen – er vermied das Wort Darmentleerung – mit dem Ziel, wie man es auch durch die bekannten Abführmittel erreiche. Die Wirkung des Velocipedfahrens ist also dieselbe wie die der Massage oder die eines Abführmittels. Und wieder ging ein Kichern durch die Reihe der Hofdamen, und auch die Herzogin lächelte milde unter ihrem schwarzen Schnurrbart und sah zu Fräulein von Götze hinüber, die ernst und interessiert Schröter zuhörte.

Es war bekannt, daß die Götze unter qualvollen Verdauungsstörungen litt. Sie aß Dörrpflaumen, in Wasser eingelegte Apfelringe, Kleie und Hirse, ruhelos lief sie durch das nächtliche Schloß, lauschte in sich hinein, nichts und wieder nichts, dann aber kam der allmorgendliche Spaziergang mit der Herzogin durch den Hofgarten. Sie gingen über den Schloßplatz, wo alles geometrisch beschnitten und bepflanzt war, noch hätte sie umkehren können, aber in ihr rührte sich nichts, und der Gang zurück zu einem der Plumpsklos im Schloß wäre vergeblich, wie sie aus Erfahrung wußte. Dann aber, kaum betraten sie die ausgewaschenen Sandwege, kamen zu den Büschen und Bäumen, dem wuchernden Unkraut, da spürte sie den durch nichts einzudämmenden Drang, einen Druck, der sich durch kein noch so munteres Gespräch, durch keine Konzentration auf das Gehen, auch nicht durch den Gedanken an die herumhüpfenden Möpse der Herzogin vertreiben ließ, bis es unerträglich wurde und sie durch einen täglich neu zu findenden Vorwand, ein Blümchen pflücken, ein Eichhörnchen beobachten, einen Stein suchen, sich für einen Moment bei der Herzogin entschuldigte und hinter ein Gebüsch stürzte, die Röcke hob, die Pumphosen herunterzog, sich hinkauerte, in dieser erniedrigenden Haltung zwischen Moosen und Farnen hockte und sich explosionsartig entleerte, dabei beständig von der Angst gepeinigt, ein neben den Wegen wandernder Pensionär oder Förster könne sie in dieser Haltung überraschen oder aber, ein noch fürchterlicherer Gedanke, die Möpse könnten sich ihr schnüffelnd nähern. Darum trug sie auch stets einen mit Schlüsseln beschwerten Pompadour bei sich. Einmal – da blieb ihr das Herz fast stehen – war die Dogge des Herzogs, der ausnahmsweise die Herzogin morgens begleitet hatte, durch das Gebüsch gekommen, hatte sie, die da hockte, stumpfsinnig angeglotzt, einen Moment saß sie wie versteinert, dann war sie aufgesprungen, hatte, ohne das Seidenpapier im Pompadour zu benutzen, die Pumphose hochgerissen, während dieses Kalb ihre Notdurft beschnüffelte. Sie hätte es vergiften können.

Das Entsetzlichste aber war, daß, nachdem sie aus dem Gebüsch zu der kleinen Gesellschaft zurückgekehrt war, die sich plaudernd in Bewegung setzte, der Herzog ihr plötzlich mit einem: Pardon, Madame, an das Gesäß griff und dort herumnestelte!

Sie blieb verwirrt stehen, und dann dämmerte ihr langsam, was hinter ihrem Rücken passierte: Sie hatte sich in der Aufregung ihre Röcke in die Pumphose gesteckt, und der Herzog zog sie mit einem gezielten Griff wieder heraus. Sie hätte, wo sie stand, vor Scham im Boden versinken mögen, ging aber doch weiter, und alle taten so, als sei nichts gewesen. Dabei wußte jeder von jedem, daß er all seine Kraft brauchte, um nicht loszubrüllen vor Lachen. Hätten sie doch gelacht, hätten sie doch gebrüllt, sich auf die Schenkel geschlagen, sich am Boden gewälzt. Sie hätte alle vergiften können.

Vielleicht reifte unter dem Einfluß gerade dieser Erinnerung ihr Entschluß, das Velocipedfahren zu erlernen. Jedenfalls erschien ihr in diesem Moment der Präparator wie der Erlöser von all ihrem Ungemach, während die anderen, das hohe Paar eingeschlossen, diesen Mann eher kurios unterhaltsam fanden. Ein Hauptmann wollte mit einem mokanten Lächeln wissen, ob es stimme, daß man sich mit dieser Maschine auch selbst verstümmeln könne, und alle sahen auf Schröters so schmal gewordene linke Hand, die zur Demonstration noch immer an der Stelle lag, wo die Bauchmuskulatur sitzt. Ja, sagte Schröter, Stürze seien beim Velocipedfahren ebensowenig zu vermeiden wie beim Reiten. Verletzungen, wie er sie erlitten habe, seien dann aber doch recht selten und dadurch zu erklären, daß er sich das Fahren habe selbst beibringen müssen. Aber, sagte er, solche Stürze ließen sich eben weitgehend vermeiden, wenn man das Fahren durch einen Lehrer gezeigt bekomme. Und der gesundheitsfördernde Einfluß der Maschine sei nicht nur in der Herausbildung der Beinmuskulatur und der Beförderung der Verdauungsarbeit zu spüren, sondern auch im Atmen. Das Velocipedfahren sei ein Mittel, um der Schwindsucht und der Blutarmut vorzubeugen. Denn durch die Zusammenziehung der Bauchmuskulatur werde einerseits eine gründliche Entleerung der Stauungsluft in den Lungen herbeigeführt, zum anderen durch das erschwerte Atmen beim Vorwärtsbewegen der Maschine eine Atmungstechnik geübt, die eine Erweiterung der In- und Exspirationsdifferenz des Brustkorbs bewirke. Und nun, wie veredelnd wirke doch das Velocipedfahren auf Geist, auf Herz und Gemüt! Wenn sich der Velocipedist auf seiner Maschine tummelt, wenn er an einem sonnigen Frühlings- oder Sommermorgen die verschiedenen landschaftlichen Bilder wie in einem Kaleidoskop an sich vorüberziehen sieht, da geht ihm das Herz auf, und er bewundert die Herrlichkeit der Schöpfung.

Schröter verstummte plötzlich, alle starrten ihn an, kein Kichern mehr, kein Grinsen, nur der alten Freifrau von der Tann sprach ein Kammerherr die letzten Worte Schröters ins Hörrohr, und dann war alles stumm. Es war wohl der Moment, den die Götze als ergriffenes Schweigen bezeichnet hat.

Dann wurde Schröter ein etwas abrupter, aber gnädiger Abschied zuteil. Der Herzog reichte ihm die Hand und sagte: Vita breve ars longa est. Die Herzogin winkte ihm mit einem zwischen die Finger gesteckten Spitzentaschentuch zu, Schröter machte einige tappende Schritte zur Tür, wurde vom Kastellan, während alle Damen und Herren zierlich applaudierten, zu einer anderen Tür gewiesen, da hörte er das Fräulein von Götze flüstern:

Nehmen Sie, und er spürte ein Stück Papier in der Hand, dachte einen Moment mit aufsteigender Wut, das sei ein Trinkgeld, zögerte, wollte nachsehen und protestieren, war dann aber schon von der sanften weißbehandschuhten Hand des Kastellans aus dem Raum geführt worden. Er wäre beinahe die Schloßtreppe hinuntergestürzt, als er auf dem Zettel: Donnerstag, 16 Uhr, Mausoleum, gekritzelt fand und dabei die Teppichfalte übersah.

Er hatte gehofft, daß man ihm sein Honorar sogleich aus der herzoglichen Kasse zahlen würde, wußte aber andererseits, als er draußen in der Mittagssonne stand, daß er jetzt jeden Kredit bekäme.

Auf dem Weg nach Hause überlegte er, ob er Anna von diesem Zettel erzählen sollte, nahm sich aber vor, erst mal am Donnerstag zum Mausoleum zu fahren, um sich nicht lächerlich zu machen, falls es irgendeine höfische Alberei sein sollte.

Denn das Fräulein von Götze war als exzentrisch bekannt. Man erzählte sich von ihrem Verhältnis zu einem Kammerherrn, mehr noch von ihren Versuchen, das Zigarrenrauchen der Frauen hoffähig und die deutsche Sprache klangvoller zu machen. Über Jahre verfolgte sie alle namhaften Germanisten und Sprachwissenschaftler mit ihren Briefen und Denkschriften, in denen sie ihre Sprachreform erläuterte, nämlich an alle stimmlos endenden Substantiva je nach Geschlecht ein a, i oder o anzuhängen, also Bergo, Nichtsi und Machta – damit würde das Dumpfe, Klanglose der Sprache schwinden und einer größeren Musikalität Raum geben.

Seit mehr als zehn Jahren arbeitete sie an einer Übersetzung der Sonette Petrarcas ins Deutsche, wobei sie kompromißlos alles wollte, die gleiche Musikalität, den gleichen Klang, den möglichst genauen Sinn. Nichts sollte verlorengehen bei dieser Übertragung. Und aus diesem Bemühen ist wohl auch der etwas abwegige Versuch einer deutschen Spracherneuerung entstanden. Vor allem in der Reichsgründung sah die Götze die einmalige Chance, auch eine grundlegende Sprachreform durchzuführen, von der sie sich erhoffte, daß sie langfristig die eingeeiste Mimik und Gestik der Deutschen wiederauftauen könnte.

Sie saß, wenn sie der Herzogin nicht vorlas oder mit ihr und den Möpsen spazierenging, in ihrem Zimmer, in dem sie sich einen Feigenbaum hielt, und man hörte, wenn die Fenster im Sommer offenstanden, ihre Stimme:

> Or qui son, lasso, e voglio esser altrove;
> E vorrei più volere, e più non voglio;
> E per più non potere, fo quant' io posso:

Sie war nie in Italien gewesen, aber jeder wußte, daß es ihr Tagtraum war, einmal die Treppe des Ara Coeli hinaufzusteigen und von dort, wo Petrarca gestanden hatte, über Rom zu blicken. Dieser Blick, glaubte sie, würde all die über Jahre angehäuften Erniedrigungen aufwiegen. Die Herzogin aber plante im Gegensatz zu anderen Fürstinnen keine Bildungsreise nach Italien. Sie vertrug keine Hitze und bekam, wenn sie schwitzte, einen rotjuckenden Hautausschlag. Darum fuhr sie öfter nach England, wohin sie einmal auch das Fräulein von Götze mitgenommen hatte, die aber von dem Wind, den ewigen Schauern und dem Weitblick der mit nur wenigen Baum- und Buschgruppen bestandenen Landschaft ganz trübsinnig geworden war.

Die Götze war schon als Mädchen von ihrer Familie,

die außer dem Adelsprädikat nichts besaß, an den Coburger Hof gegeben worden, wo sie für Kost, Logis und abgelegte Kleider eine der Hofdamen wurde. Sie galt als geistreich und schön, wenn auch nicht im Geschmack der Zeit, der ja nach bedeutenden Busen verlangte. Dennoch hatte sie etliche Anträge bekommen, durchweg gute Partien, die ihr auch Reisen nach Italien eröffnet hätten, aber sie lehnte aus unverständlichen Gründen ab. Möglicherweise lag es daran, daß es meist aufstrebende Fabrikanten aus dem Raum Coburg waren, erfindungsreiche, arbeitssame Energiebündel, die verständnislos ihren Ausführungen über Petrarca oder die Sprachreform lauschten, sich dann sagten, daß solche Wunderlichkeiten dem Geschäft nicht schaden könnten, solange das Gerede vom Plüsch des Salons verschluckt werde.

Dann begann sie, wiederum für alle überraschend, ein Verhältnis mit einem Kammerherrn, eine Amour fou, eine Menage à trois, wobei gesagt werden muß, daß die Frau des Kammerherrn zunächst nichts davon wußte und am Stickrahmen saß, während sich die beiden in dunklen Gängen, abgelegenen Kammern, auf dem Dachboden, in Kellerverliesen, auf zusammengerollten Teppichen, aufgerissenen pieksenden Roßhaar-Ottomanen, ja sogar auf Mehlsäcken in rasender Eile verknoteten und wieder auseinanderfielen, weil immer irgendein ahnungsloser Kammerdiener, Kutscher, Stallknecht oder Küchenjunge sie aufstörte; dann hetzten sie, zerwühlt, rotverschwitzt und bekleckert weiter, einem neuen Winkel, einer neuen Kammer entgegen, wobei alles noch komplizierter wurde durch die Abneigung der Götze, sich in der freien Natur, also im Park zu treffen, wo sie morgens wie ein gehetztes Wild ihre Notdurft verrichten mußte. Allein der Gedanke, im Gras zu liegen und schutzlos den Ameisen ausgesetzt zu sein, die ja bekanntlich von bestimmten Körpersäften unwiderstehlich angezogen werden, war entsetzlich. So kam es zu diesen atemlosen Fluchten durch das Schloß, das zwar so viele Zimmer, Hallen, Gänge, Treppen hatte, wo es aber auch so viele Bedienstete gab, die alle irgendwelchen Beschäftigungen nachgingen und ahnungslos die beiden überraschten, wie jene Kammerzofe, die einen geklopften und für die Sommermonate eingemotteten Blaufuchsmantel in den eingebauten Mantelschrank der Herzogin hängen wollte und am Boden zusammengerollt eine nicht dorthin gehörige Männerhose fand. Als sie sich bückte, um sie herauszuziehen, entdeckte sie darin zwei Männerbeine, und als sie einen Luchsmantel beiseite schob, leuchtete ihr das weiße Gesäß einer Frau entgegen, halb verdeckt von den haarigen Beinen des Kammerherrn.

Niemand konnte so recht verstehen, warum sich die Götze ausgerechnet mit diesem Gedichteschreiber und Schnellredner, der kaum einen Satz zu Ende sprach, eingelassen hatte. Einige sahen gerade in dieser Hektik einen guten Grund. Die Begeisterungsfähigkeit der Götze für alles Lyrische war bekannt, und sie selbst versuchte ebenfalls mit rasender Geschwindigkeit ihren Einfällen, Gedanken, Anspielungen und Aperçus sprachlich auf der Spur zu bleiben. Und sicherlich machten gerade die geheimgehetzten Verknotungen die irrwitzige Anziehungskraft in dieser Beziehung aus. Allerdings fehlte es nach zwei Jahren Dauer von ihrer Seite nicht an Versuchen, dieses Versteckspiel zu beenden, was aber zwischen den beiden zu noch irrwitzigeren Auftritten führte. Aus irgendwelchen Ecken hörte man plötzlich unterdrückte

Schreie, Stöhnen und Seufzer, was schließlich auch nicht mehr der Frau des Kammerherrn verborgen bleiben konnte. Bei einem abendlichen Konzert hörte man ein Schurren, ein Zischeln, dann ein lustvoll schmerzliches Aufstöhnen, und als man sich wie zufällig umdrehte, hatte der neben der Götze sitzende Kammerherr vier blutige Kratzer im Gesicht, als sei er eben durch einen Dornenbusch gelaufen. Und die Götze erklärte die sich mehrenden blauen, violetten, braunorangenen Stellen an den sommerlich entblößten Armen mit plötzlichen Schwindelanfällen. Dann wurde der Kammerherr überraschend krank, klagte über Magenschmerzen, verlor sein schönes blondgelocktes Haar, sah plötzlich spitz und mager aus und starb nach vier Monaten. Natürlich gab es Gerüchte. Das eine machte die Witwe für den qualvollen Tod verantwortlich, das andere das Fräulein von Götze. Allerdings ergab die Obduktion, die der Herzog angeordnet hatte, daß der Kammerherr am Durchbruch eines Magengeschwürs gestorben war. Ein anderes Gerücht besagte daraufhin, der Anatom Doktor Drews, der von sich sagte, er wolle schon zu Lebzeiten sein Gehirn, das er einer naturwissenschaftlichen Sammlung vermacht hatte, in Alkohol konservieren, sei ganz ungewöhnlich stark betrunken gewesen und habe bei der Obduktion nicht einmal den Blinddarm finden können.

Fräulein von Götze saß jetzt, ein Jahr nach dem Tod des Kammerherrn, wieder öfter in ihrem Zimmer. Neben sich den inzwischen bis an die Decke gewachsenen Feigenbaum, der alle zwei Jahre, wenn sie schon im Frühling die Fenster offenhielt, Feigen trug. Der Genuß der Feigen – solange sie frisch waren – ersparte ihr die gehetzten Gänge hinter die Büsche. In diesem Jahr rundeten sich die

Früchte wieder. Sie sah in den Park hinaus, in dieses dunkle, jetzt stumme Grün, die silberdurchrauschten Olivenhaine, sog die noch kühle, durch das offene Fenster streichende Morgenluft ein, und dieser winzige Moment des Einatmens, soweit es das Korsett erlaubte, und das Erfülltsein mit Luft, das war wie ein wunschloses Glück. Ein Glück, das sie sich selbst bescheren konnte. Aber sie ging äußerst sparsam damit um. So war denn auch ihr Entschluß, das Radfahren zu lernen, nicht etwa gefallen, als Schröter die verdauungsfördernde Funktion des Hochradfahrens pries – da fand sie ihn in seinem Glaubenseifer eher kurios –, sondern als er von der Entleerung der Stauungsluft und der Erweiterung der Inspirationsdifferenz sprach. Wobei sie zugleich spürte, daß das Korsett ihr enge Grenzen ziehen würde. Der Versuch, es abzulegen, erwies sich als unmöglich. Sie fühlte sich nicht nur körperlich verspannt, der gewohnten Stütze beraubt, sondern auch wie entblößt.

Als Schröter am Donnerstagnachmittag durch den Hofgarten zum Mausoleum fuhr, wo Herzog Franz Friedrich Anton in einem kleinen klassizistischen Tempel ruht, bewacht von zwei Sandsteinsphinxen, sah er auf dem abseits gelegenen Gehweg einen Jungen in einer altmodischen langschößigen Jagdjacke warten, der sich beim Näherkommen als das Fräulein von Götze entpuppte, die ihr blondes Haar hochgesteckt – und unter einer weiten Schirmmütze verborgen hatte. Schröter, der den kühnen Absprung über die Lenkstange wagte, wußte nicht so recht, wie er sie anreden sollte. Er stand da, hielt sich an seinem Rad fest und sagte etwas, das nach Gnädiges klang. Daraufhin sagte sie: Fangen wir gleich an, und nennen Sie mich bitte Eugen.

Schröter wußte zu dieser Zeit nicht, daß dies der Vorname des verstorbenen Kammerherrn war, von dem unter eben diesem Namen ein langes, wollüstiges Poem: *Der Sturz des Ikarus,* erhalten ist. Hat mein Onkel in diesem Moment an das Schicksal des Mannes gedacht, von dem er doch sicherlich gehört hatte? Wußte er, in was er sich da von dieser exzentrischen Frau hineinziehen ließ? Ihn plagten Skrupel, das ist sicher. Er dachte an Anna und an das Gerede in der Stadt. Andererseits bewunderte er den Einsatz, den Mut und die Begeisterung dieser Frau, die als Mann verkleidet das Rad bestieg, so energisch, daß sie kopfüber hinuntergeschossen wäre, hätte Schröter sich nicht mit aller Kraft dagegengestemmt. Sie lag an seiner Schulter, und er roch einen unbekannten fernen Blütenduft und spürte kurz, aber deutlich weich ihre Nase an seiner Wange. Als sie sich von dem schrägliegenden Rad fallen ließ, fing er sie mühelos auf, anders als den Spielzeugfabrikanten, dem er gestern die erste Unterrichtsstunde gegeben hatte und der – Schröter konnte gerade noch zur Seite springen – mit seinem Übergewicht Lenker und Vorderrad verbogen und sich selbst das Steißbein gebrochen hatte.

Die Götze, die sogleich wieder in den Sattel wollte, hielt sich dabei an Schröter fest, der ihr zuflüsterte: Langsam in den Sattel gleiten, langsam, durchatmen, so, und jetzt mit Gefühl den Schwerpunkt in sich suchen, nur so kommt man in die Balance, langsam, die Beine weiter auseinander und das Becken ruhig halten, nicht am Lenker reißen, mit den Beinen arbeiten, kräftiger, aber den Oberkörper ruhig halten. So stemmte und schob er sie. Einmal stürzten sie beide, rappelten sich hoch. Sie hatte sich die Hände aufgeschrammt, stieg aber, ohne weiter darauf zu achten, wieder auf das Rad.

Nach einer Stunde waren sie beide schweißnaß und außer Atem. Sie verabredeten sich für die nächste Woche zur selben Zeit.

Als die Götze durch einen Seiteneingang ins Schloß huschte, sich die Kappe vom Kopf riß, war sie wie verwandelt, rot, aber ohne Flecken im Gesicht, ihr Haar wie vom Sturm zerwühlt. Zur Verwunderung der Herzogin mußte die Götze am nächsten Tag auf dem morgendlichen Spaziergang nichts hinter den Büschen suchen.

Schröter fuhr nach Hause und grübelte. Sollte er Anna von dieser Verkleidungskomödie erzählen?

Sagte er ihr jetzt etwas, mußte sie ja denken, er habe mit seinem anfänglichen Schweigen über den Zettel, den die Götze ihm im Schloß zugesteckt hatte, etwas verbergen wollen. Dann entschloß er sich, ihr, vor der er bisher keine Geheimnisse gehabt hatte, alles zu erzählen. Je näher er dem Haus kam, desto schwerer erschien ihm das aber. Er roch an seiner Hand diesen fremden nie gerochenen Duft, den Duft einer unbekannten Blume oder Blüte, das Parfum der Götze.

Er dachte, es sei leichter, alles zu berichten, wenn die Götze auf dem Rad als Mann verkleidet durch die Straßen der Stadt führe. Dann konnte er sagen: Es ist nichts geschehen, was zu verheimlichen wäre. Die Frau habe einzig und allein das Radfahren erlernen wollen und habe ihn um Vertraulichkeit und strenge Diskretion gebeten.

Er roch an Ärmel und Revers seiner Jacke und fuhr noch einen längeren Umweg. Als er endlich vor seiner Haustür abstieg, haftete noch immer dieser süßlich-schwere Parfumduft an ihm.

8

Schröter hatte eben sein Rad in die Haustür gehoben, da kam Anna die Treppe herunter und sagte: So geid dat nich wieder. Ich lern jetz och dat Radfahrn. Dann zog sie sich mit einem energischen Ruck die geblümte Schürze über den Kopf und knüllte sie in den Händen zusammen.

Schröter stand da wie ertappt. Er glaubte, Anna habe ihn beim Unterricht mit der Götze beobachtet, oder aber irgend jemand habe ihr die Geschichte gesteckt, er wollte ihr erklären, warum er ihr nichts erzählt habe, sagte dann aber, als sie sich neben das Rad stellte, als wolle sie gleich hier, im Hauskorridor, aufsteigen: Willst du dich auch als Mann verkleiden? Und was solln die Leute denken?

Dumm tüch, sagte Anna, solche Theaterfaxen mache sie nicht. Wenn, dann wolle sie fahren wie sie sei, als Frau.

Und die Röcke, fragte Schröter, wie willst du aufs Rad kommen. Aber Anna gab darauf keine Antwort, sondern schimpfte auf diese langen Röcke, erst gestern sei sie wieder mit dem Absatz im Saum hängengeblieben und ums Haar die Treppe hinuntergestürzt.

Da begann Schröter sein Rad für die Wochenendtour zu putzen, rieb Speiche für Speiche mit teurem Spermwalöl ein, um sie vor Rost zu schützen, zugleich aber auch, um den Parfumgeruch der Götze von den Händen zu kriegen. Aber gerade diese stille Selbstverständlichkeit, mit der Schröter da seinen Wochenendausflug vorbereitete, brachte Anna in eine lautstarke Wut. Es kam zu einem Wortwechsel, von dem in die Nachbarschaft drang: Fallhöhe, minesorgesinjo, aber der Rock, min vadderwonwilleissnweg, Sitzknorren und Männersache, darwulltwimolsehn, was die Leute denken, ismiallnsegolversteist, warum gerade Radfahren, und dann fiel ein Wort, das am nächsten Morgen auf dem sonnabendlichen Markt die Runde machte, das überdeutlich aus Annas Mund kam und Schröter verstummen ließ: WeilichLUSThab!

Nun kann man mit Recht annehmen, daß sich Schröter seiner widersprüchlichen Situation bewußt war, er, der gerade von der Unterrichtsstunde mit einer Frau kam, die er wegen ihrer Radfahrbegeisterung bewunderte. Zugleich aber wollte er seiner Frau das Radfahren ausreden. Schröter hatte seinen Traum vom Hochradfahren gegen den Hohn und das Gelächter der Stadt verwirklicht. Jetzt aber peinigte ihn der Gedanke, seine mit so stämmigen Beinen auf dem Boden stehende Anna könne sich auf diesem wackeligen Rad dem Gespött der Leute aussetzen. Im Gegensatz zur Götze hätte sich Anna auch gar nicht als Mann verkleiden können, denn über ihren Busen konnte keine noch so weite Herrenjacke hinwegtäuschen. Anna sagte, sie werde schon einen Weg finden, auch als Frau auf dieses Gefährt zu kommen, und als Schröter ihr antwortete, das verhindere nun einmal der Rock, da sagte sie, die älteste Tochter des Bäckermeisters Werner aus Rostock: Dann muß man eben den Rock abschaffen.

Onkel Schröter erinnerte sich später, wenn sie bei Geburtstagen, silbernen und goldenen Hochzeiten zusammensaßen, alterskrumm, grau, die faltigen Gesichter vom Wein gerötet, sie in ihrem dunkelbraunen langen Festtagskleid, an diesen Satz: Dann muß man eben den Rock abschaffen. Und alle lachten und stießen auf Tante Anna an.

Am selben Abend, an dem Tante Anna den Rock abschaffen wollte, machte sich Onkel Franz auf den Weg zur Gründungsveranstaltung einer Gesellschaft zur Förderung des Radfahrens.

Es gibt von dieser Veranstaltung den Bericht eines Polizeispitzels. Offensichtlich wurde Lehrer Gützkow, der zusammen mit Schröter zu der Veranstaltung eingeladen hatte, noch immer beschattet.

Betrifft: Gründungsveranstaltung einer Gesellschaft zur Förderung des Radfahrens.

Gegen 19 Uhr wurde die Versammlung im Gasthof *Zur Linde* vom hiesigen Präparator und Fahrradagenten, Herrn Franz Schröter, als eröffnet erklärt. Zugegen waren die Herren E. und E. Schmidt, Besitzer des ortsansässigen Geschäfts für Nähmaschinen, Herr Zimmermann junior von der hiesigen Wurstdarmfabrik, der aktenkundige Lehrer Gützkow, der unselbständige Dachdecker Heinemann, Agitator der verbotenen Sozialdemokratischen Partei, und ein in seiner Begleitung befindlicher Ziegeleiarbeiter namens Wachsmann. Präparator Schröter führte in seinen Begrüßungsworten aus, daß das Velociped auf seinem Siegeszug um die Welt endlich auch die Stadt Coburg erreicht habe. Nun gelte es den Kreis der Interessenten zu erweitern und die dieser Maschine entgegengebrachte Ablehnung zu vermindern. Erst neulich habe ein aufgebrachter Passant versucht, ihm den Spazierstock in die Speichen zu stecken. Solche Tätlichkeiten seien an der Tagesordnung, obwohl der Radfahrer doch mit dem friedlichsten Sinn seine Maschine besteige und darauf selbst auch höchst verletzlich sei.

Wichtig sei aber auch der Austausch von Erfahrungen in technischer Hinsicht, so habe er neulich zum Beispiel verbogene Speichen wechseln müssen, sodann aber festgestellt, daß man sehr wohl auch mit zwei fehlenden nach

Hause fahren könne, um dort in Ruhe die Ausbesserung vorzunehmen. Das wichtigste aber sei, daß man ein ähnliches Selbstverständnis herausbilde wie die Reiter. Fällt ein galoppierender Reiter aus dem Sattel, kann er der Anteilnahme aller Damen versichert sein, fällt hingegen ein Radfahrer von seiner Maschine, ernte er nur Gelächter.

Nach dieser allgemeinen Einleitung entspann sich eine heftige Debatte darüber, wer denn Mitglied des zu gründenden Vereins werden könne, da nicht alle Anwesenden im Besitz eines Rades waren. Velocipedbesitzer waren: Herr Präparator Schröter, Lehrer Gützkow, Herr Zimmermann junior sowie Redakteur Hofmann, der ein Rad bestellt, aber noch nicht bezogen hatte.

Lehrer Gützkow forderte, daß der Verein jedem Interessierten offenstehen müsse. Dieser Antrag zeigte, daß Gützkow mit dem zu gründenden Verein andere Zwecke verfolgte als die der Fahrradfreunde. Auch der stadtbekannte sozialdemokratische Agitator redete in ähnliche Richtung. Er führte lange aus, wie wichtig gerade das Rad für den Arbeiter sei, der morgens vom Lande in die Stadt zur Arbeit in die Fabrik gehen müsse und abends wieder nach Hause. Er nannte als Beispiel den jungen Ziegeleiarbeiter Wachsmann, der täglich vier Stunden gehen müsse. Herr Zimmermann junior warf ein, daß zufrieden sein müsse, wer an der frischen Luft ginge, er habe sich das Rad angeschafft, weil er den Tag über im Büro sitzen müsse. Daraufhin stieß der Agitator Heinemann den Ziegeleiarbeiter mehrmals an, um ihn dazu zu bringen, Herrn Zimmermann junior etwas zu entgegnen. Wachsmann stand auch auf, setzte sich aber wieder hin, nachdem er gesagt hatte: Ja, das ist so. Sodann sprach Heinemann weiter und sagte, der Preis eines Rades sei für einen Arbeiter unerschwinglich, darum wolle man versuchen, vom Arbeitersportverein aus wenigstens ein Rad zu kaufen, und habe den Kollegen Wachsmann, der ein hervorragender Turner sei, dazu ausgewählt, das Radfahren zu erlernen, damit er seine Kenntnisse sodann den anderen Arbeitersportlern weitergeben könne. Wachsmann renkte sich die Finger ein und zeigte erstmals Interesse an dem, was um ihn herum vorging. Lehrer Gützkow rief: Alle Radfahrer sind gleich. Daraufhin interpellierte Redakteur Hofmann: Nicht jeder Reiter ist ein Reiter, nur weil er ein Pferd besitzt und es dann und wann einmal besteigt, um es zur Schwemme zu reiten. So ist auch nicht jeder Besitzer eines Fahrrades ein Radfahrer im höheren Sinn. (Heinemann: Hört, hört! Gützkow: Was Sie im Sinn haben, wissen wir!) Arbeiter, welche aus den Vororten auf hohen Zweirädern des Morgens in ihre Werkstätten eilen und des Abends die Maschine dazu benutzen, um wieder möglichst rasch nach Hause zu gelangen, oder Chausseebeamte, die mit ihren Rädern die Wegstrecken befahren, ferner Markthelfer und Geschäftsgehilfen, die vermittels Dreirädern Waren zu befördern haben, vermögen wir nicht zu den Radfahrern zu zählen.

Hier nun wurde der Redner von Zwischenrufen und unflätigsten Beschimpfungen unterbrochen. Der Ziegeleiarbeiter Wachsmann wurde von Heinemann mit Ellenbogenstößen traktiert und wachte auf. Er sah aber nur verständnislos Heinemann an, der ihn wohl dazu bringen wollte, gegen den Redakteur Hofmann tätlich zu werden. Redakteur Hofmann ließ sich von diesem blindwütigen Haß aber nicht einschüchtern und führte weiter aus: Radfahrer im höheren Sinn sind nur solche, welche das

Radfahren sportsmäßig betreiben. Und hierzu rechnen wir auch diejenigen, welche dabei, obwohl sie mit dem Radfahren einen bestimmten praktischen Zweck verbinden wie die Herren Ärzte, die auf ihrem Rade ihre Patienten aufsuchen, oder die Gerichtsvollzieher, die auf demselben die Opfer der Justiz heimsuchen (hierbei fixierte der Vortragende den Präparator Schröter, dessen hohe Verschuldung stadtbekannt ist), das sportsmäßige Äußere wahren.

Der Ziegeleiarbeiter rief: An Raach, kaum zu ertrogn. Und der Lehrer Gützkow: Herrenhochfahrer. Redakteur Hofmann erwiderte: Wären die Herren satisfaktionsfähig, könnte er ihnen eine gebührende Antwort geben, so aber müsse er auf das Sprichwort von der deutschen Eiche und dem sich daran reibenden Schwein verweisen. Daraufhin sprang der Ziegeleiarbeiter Wachsmann auf, wurde aber von Heinemann festgehalten, der ganz offensichtlich andere, weiterreichende Ziele im Auge zu haben schien.

Sodann ergriff Präparator Schröter, der Spiritus rector dieser Gesellschaft, das Wort und versuchte, schlichtend auf die zerstrittenen Parteien einzuwirken, wobei anzumerken ist, daß sich die Herren E. und E. Schmidt schweigend im Hintergrund hielten.

Schröter machte den Vorschlag, das Problem zu vertagen, bis es sich stelle, nämlich dann, wenn der erste Arbeiter ein Rad habe. Schröter, dem es einzig und allein um das Radfahren geht, hatte offenbar nicht verstanden, welche wahren Absichten die angeblichen Radfreunde mit dem Fahrradfahren verfolgen. Es ist darum empfehlenswert, auch die zur Verabredung gekommene nächste Sitzung des zu gründenden Vereins zu beobachten.

Auslagen für Verzehr: vier Bier, ein Kalbsbraten. Zusammen 1 Mark und 75 Pfennige. Unterschrift unleserlich.

An jenem Abend fuhr mein Onkel Franz erstmals auf dem Rad in der Dunkelheit nach Hause. Er hatte seine Karbidlaterne angezündet, in deren Lichtstrahl die schweren Nachtfalter torkelten, und fuhr durch die aufgestaute Wärme einer von Lindenblüten klebrigduftenden Nacht. Er dachte an Anna und an das, was sie ihm gesagt oder vielmehr entgegengeschleudert hatte: dann muß man eben den Rock abschaffen, und dann dieses kurze, jeden Widerspruch abschneidende: WeilichLUSThab. Langsam dämmerte es Schröter, daß er mit diesem Rad nicht nur eine Maschine bekommen hatte, die seine Wünsche erfüllte, sondern bei Anna auch neue Wünsche weckte, Wünsche, die plötzlich in ihr gemeinsames Leben übergriffen wie ein Lauffeuer und das Selbstverständlichste, scheinbar Stetigste im Nu zu Asche verwandelten. Er stieg die steile Holztreppe zum Schlafzimmer hinauf. Anna lag schon im Bett. Der Docht der Petroleumlampe war niedriggestellt. In dem stillen goldenen Licht sah er ihr Haar, das offen wie eine dunkelbraune Welle über das Kopfkissen fiel. Die Kissenbezüge rochen nach Lavendel, der nicht nur Brust- und Leberleiden heilen hilft, Silberfische und Motten vertreibt, sondern auch, zumal bei zunehmendem Mond, wankelmütige Liebhaber wieder anzieht.

9

Von dem Tag an, als mein Onkel Franz Erwin im Schloß abgeliefert hatte, war er vollauf damit beschäftigt, die Jagdtrophäen der Coburger ins Erhabene und die verstorbenen haarigen Hausgenossen ins Vertraute umzuwandeln. Längst nahm er nicht mehr jeden Auftrag an. Kleintiere wie Hamster, Igel, Wellensittiche und Kanarienvögel stopfte er nicht einmal mehr für Freunde aus.

Wenn er dann pünktlich um 18 Uhr aus seiner Werkstatt kam, begann seine erzieherische Arbeit, denn so verstand er seinen Unterricht im Hochradfahren, den er allabendlich Klienten, die ein Rad bei ihm bestellt hatten, auf einem leicht abschüssigen Weg im Hofpark gab. Tatsächlich stellte sich nämlich sowohl für den Lehrer als auch für den Schüler schnell heraus, daß neben dem mechanischen Erlernen des Radfahrens auch die charakterliche Besonderheit des Adepten zu berücksichtigen war, ja daß diese beim Besteigen des Rades auf eine eindrucksvolle Weise erst richtig zutage kam. Dabei fanden sich nicht nur die zufälligen Zuschauer, also Spaziergänger, ein, sondern auch ein amtlich Beauftragter, der Polizeibeamte Becker, der in Zivil und aus größerer Entfernung den Unterricht und die Schüler Schröters beobachtete, wie beispielsweise am Dienstagabend Zimmermann junior, der inzwischen recht passabel aufsteigen und fahren, jedoch nur mit der stützenden Hand Schröters wieder absteigen konnte. Mittwochs übte ein im herzoglichen Staatsministerium tätiger Freiherr, ein geübter Reiter und mutiger Parteigänger des technischen Fortschritts, der sich schon früh für die Schaffung eines Gaswerks in Coburg eingesetzt hatte, um mit den Straßenlaternen Breschen in das kleinstädtische Dunkel zu schlagen. Der Freiherr schwang sich dann auch tapfer auf das hohe Stahlroß, lernte schnell geradeaus fahren, stürzte aber jedesmal, wenn er wie beim Reiten eine Kurve durch einen kräftigen Schenkeldruck einleiten wollte.

Donnerstagabend kam ein kleines unscheinbares Männchen, der Uhrmachermeister Grebe, der schon nach der dritten Unterrichtsstunde ohne zu wackeln auf- und davonfuhr.

Am darauffolgenden Tag stützte Schröter den Heldentenor vom Hoftheater, der fahren und auch absteigen konnte, aus unerfindlichen Gründen aber beim Besteigen kippelte.

Und am Sonntag kam dann das Ereignis, das von Mal zu Mal mehr Zuschauer anzog und auf eine ganz beträchtliche Weise half, die Ödnis eines sonst nur von grüßenden Spaziergängern erfüllten Sonntagnachmittags erträglicher zu machen, ein Ereignis, das vermutlich aber auch der Grund dafür war, daß Onkel Franz nie den begehrten Titel eines herzoglichen Hofpräparators bekam. Gegen 17 Uhr nämlich bestieg der sozialdemokratischer Geheimbündelei verdächtige Ziegeleiarbeiter Wachsmann, der zugleich Mitglied im Arbeitergesangverein *Eintracht* und im Arbeiterturnverein *Vorwärts* war, das hohe Zweirad. Wobei gesagt werden muß, daß der Name Wachsmann, der verbürgt ist, für diesen Mann zutiefst unpassend war. Oder aber hatte er sich gerade wegen dieses Namens zu diesem trotzigen Muskelpaket entwickelt?

Jedenfalls turnte er mit einer raubtierhaften Geschmeidigkeit auf das Rad und schoß ebenso schnell wieder herunter. Allerdings hatte er dazwischen einen rasenden, wenn auch nur winzigen Sprint gemacht, ließ sich dann bei seinem granatenhaften Sturz nach links oder rechts, über die Schulter, über einen katzenbuckligen Rücken oder über die weitgewölbte Brust auf der Erde abrollen, schoß wieder in die Höhe und leitete so die Energie des Sturzes senkrecht in den Himmel. Selbst bei den lebensgefährlichen Kopfstürzen verwandelte er sich durch blitzschnelles Abbiegen des Kopfes und Abstützen der Hände zu einem Atlas, der für einen Moment kopfüber die Erde trägt, sie dann abwirft und leicht und federnd und wie befreit als vielbeklatschtes Kunstwerk dasteht. Es gab Leute, die Schröter allen Ernstes vorschlugen, mit diesem Mann in einem Varieté aufzutreten.

Am Montagnachmittag gegen 16 Uhr, also zur Geschäftszeit, konnte das wachsame Auge des Gesetzes – der Polizeibeamte Becker stand hinter einem Rhododendronbusch verborgen – die merkwürdigste der allwöchentlichen Übungsstunden sehen.

Ein schmächtiges Bürschchen in einem braunen Jagdrock bestieg graziös und geübt das hohe Rad, fuhr zielstrebig los, begleitet von Schröter, der dicht neben dem Rad herlief; dann aber, nach ungefähr zehn Metern, geriet der Junge in eine leichte, sich langsam verstärkende Schräglage, und zwar stets zu der Seite, auf der Schröter lief, als ginge von dem ein magnetisches Kraftfeld aus, aus der Schräglage wurde ein Kippen, das in einem Sturz endete, den Schröter auffing, indem er für einen Moment den Knaben in seinen Armen hielt, der sich seinerseits an Schröter festklammerte, und es war, wenn auch nichts weiter geschah, jedesmal einen Augenblick zu lang, bevor Schröter den Jungen wieder auf den Boden stellte. Natürlich wird dem Polizeibeamten Becker bei diesem Anblick bald ein bestimmter Verdacht gekommen sein,

ein Verdacht, der ihn die Radbesessenheit dieses ulkigen Präparators mit anderen Augen sehen ließ. Bevor die Identität des Jungen aber ermittelt werden konnte, hörten die als Fahrradunterricht getarnten Treffen plötzlich auf.

Recht gut verstanden, weil immer wiederholt, hatte Becker, was Schröter diesem zurief: Und jetzt den eigenen Schwerpunkt suchen.

Dem Freiherrn rief er zu: Das Rad reagiert nicht auf den Schenkeldruck! Man muß schneller treten und nur mit den Händen steuern. Dem jungen Ziegeleiarbeiter versuchte er jeden Sonntagnachmittag klarzumachen, daß auch die kühnsten Sprünge auf das Hochrad nutzlos sind, wenn nicht gleichzeitig die Instabilität des Zweirads durch eine wenn auch noch so geringe Vorwärtsbewegung in eine Stabilität verwandelt wird.

Wobei gesagt werden muß, daß eben dieser Ziegeleiarbeiter Wachsmann sechs Jahre später, anläßlich eines Arbeitersportfestes in Berlin, als Kunstfahrer auftreten sollte, dabei in einem Handstand auf dem Lenker Achten fuhr, im Kopf den Satz seines Lehrmeisters Schröter: Das Instabile wird stabil nur durch Bewegung.

Schröter muß in dieser Zeit, in der sein Ansehen in der Stadt schnell gewachsen war, die Angewohnheit entwickkelt haben, in Sentenzen, Maximen, Leit- und Lehrsätzen zu sprechen. Nicht etwa aus Selbstgefälligkeit, sondern aus der Notwendigkeit, den sich vermehrenden Kritikern des Velocipedfahrens kurz und bündig zu antworten.

So donnerte beispielsweise eines Sonntags aus heiterem Himmel Pastor Hahn von der Kanzel in St. Moriz: Sie werden sich das Hirn zerrütten. Sie werden sich den Arsch aufreiben – Hahn hatte die Tafel vor Augen, auf der zu lesen war, daß Martin Luther an derselben Stelle mehrmals gepredigt hatte –, sie werden sich das Rückenmark zerstampfen, und wenn sie nicht mehr in die Kirche gehen, dann werden sie mit ihrem Hochrad geradewegs zur Hölle fahren. Nun gab es unter den Pastoren – der guten protestantischen Kirchentradition gemäß – einander stark widersprechende Meinungen über das Hochradfahren, aber das konnte für Schröter an diesem Sonntagmorgen kein Trost sein. Er war ja gerade nicht Rad gefahren, sondern brav in die Kirche gegangen, und nun brüllte der cholerische Hahn ihn an, zeigte sogar mit dem ausgestreckten Finger in seine Richtung – Schröter saß in der vorletzten Reihe –, so daß sich alle nach ihm umdrehten. Schröter war über diesen glaubenswütigen Hahn dermaßen empört, daß er sich vornahm, am nächsten Sonntag nicht in den Gottesdienst zu gehen, sondern ins Freie zu fahren.

Am nächsten Sonntagmorgen sagte Schröter zu Anna, er müsse ausspannen. Anna schwieg. Er fuhr, wenn auch mit schlechtem Gewissen. Er versuchte sich damit zu beruhigen, daß er sich sagte, er brauche diese Fahrt ins Blaue nach den vergangenen arbeitsreichen Tagen und Wochen: Neun Stunden Hunde, Füchse, Dachse, Hirsche, Luchse, Störche, Steinadler und Fischreiher ausstopfen, dann, auch bei Regen – und es regnete viel in diesem Spätsommer –, Fahrradunterricht im Park, also laufen, schieben, stemmen, drücken, heben und stoßen, er kam durchnäßt und triefend nach Hause, Abendbrot, danach Briefe nach Coventry, er montierte die aus England kommenden Räder, stand jedesmal einen Moment ehrfürchtig staunend vor den aufgestemmten Holzkisten, in denen so sinnreich und sorgfältig alle Teile der Räder verpackt lagen, schraubte sodann und drehte, ging nochmals in die Werkstatt, korrigierte hier die Stellung eines

Ohrs, bog dort eine Kralle, spannte danach nochmals die Speichen am Stützrad nach und stieg schließlich hinauf ins Schlafzimmer, in diesen lila Lavendelduft, und schlief erschöpft neben Anna ein.

Das schlechte Gewissen, das ihn auf dieser Fahrt durch den herbstlich diesigen Morgen begleitete, rührte nicht daher, daß er durch eine sich vom Dunkelgrün ins Hellbraune verwandelnde Landschaft fuhr, während Anna zu Hause saß, sondern daß er, statt einfach ins Blaue hinein, sehr gezielt nach Schloß Callenberg radelte, wohin Fräulein von Götze die Herzogin begleitet hatte. Nun war bislang nichts geschehen, was er nicht hätte erzählen können, aber er hatte nichts erzählt, und so war alles von Mal zu Mal unsagbarer geworden.

Er sah schon von weitem eine Frau an dem vereinbarten Ort eingangs der Kastanienallee, die zum Schloß führte, stehen. Und wieder erkannte er sie erst, als er schon bremste und vom Rad sprang, denn sie trug keine Hosen und nicht den braunen Samtjagdrock, sondern ein schwarzes Persianercape über einem preußischblauen, glockig fallenden Samtkleid, und auf dem hochgesteckten blonden Haar eine kleine burgunderrote Kappe. Sie kam ihm lächelnd entgegen, reichte ihm die Hand, und ihm war, als käme er aus der morgendlichen Kühle in eine kleine, aber intensive Wärmezone. Schröter lehnte sein Rad an eine der schon rotbraun verfärbten Kastanien und fragte, ob sie nicht fahren wolle.

Nein, sagte sie und lachte laut auf, ein Lachen, das wie ein Schluchzen klang. Ihr Gesicht war von nervösen roten Flecken bedeckt. Sie riß sich mit einer raschen Bewegung die Kappe vom Kopf, wobei sich auch zwei Haarsträhnen aus der sorgfältig gesteckten Frisur lösten.

Sie atmete hörbar durch, blickte Schröter an und sagte, es sei wunderbar gewesen.

Wieso gewesen?

Gewesen, sagte sie, weil sie mit dem Hochradfahren aufhöre.

Und warum?

Sie lachte wieder und sagte, es sei sinnlos, und jeder weitere Versuch sei sinnlos und darum dumm und albern. Dann sah sie Schröter mit ihren vielgerühmten blauen Augen an: Son giunti al fine. O dura dipartita, e fortino il mio tempo a mezzo gli anni. Schröter verstand nicht und wurde von einer die Allee heraufkommenden Kutsche davon abgebracht, zu fragen, was der Satz bedeute. In der Kutsche saß eine Jagdgesellschaft, darunter auch eine Frau, alle in Grün und Loden, mit wippenden Gamsbärten. Sie starrten Schröter und die Götze an, die zerzaust, rotgesichtig, die Kappe in der Hand dastand, als sei sie grade aus einer wilden Umarmung aufgeschreckt worden. Aber die Götze schien die Leute nicht zu bemerken und redete unbeirrt weiter, auch als die Waidmannsheil rüberriefen: Sie könne es nicht lernen, weil sie nicht loslassen könne.

Warum loslassen?

Innerlich, sagte sie, ich halte mich immer an etwas fest, wie an dieser albernen Kappe, sehen Sie, und sie streckte Schröter die Kappe entgegen. Einen Moment zögerte er, ob er ihr diesen roten Stoffteller einfach aus der Hand nehmen sollte.

Sehen Sie, nicht ich halte sie, sondern sie hält mich, so klammere ich mich auch an mir selber fest, und deshalb bin ich auch für diesen schönen Balanceakt so ungeeignet und falle immer auf Sie, und Sie müssen mich dann auffangen und festhalten, wie mich auch diese Kappe hält, und nur in dem winzigen Augenblick, wenn ich falle und Sie neben mir weiß und weiß, daß Sie mich halten werden, lasse ich mich los, und dann falle ich, leicht und unbeschwert, bis Sie mich auffangen und festhalten, und sogleich klammere ich mich innerlich wieder an mir fest, daß mir die Zähne knirschen, daß mir das Blut in den Kopf schießt vor Schmerz und Anstrengung. Schon näherte sich eine andere Kutsche, und Schröter wußte nicht recht, was er tun sollte. Er dachte dabei nicht an sich, der Ruf, mit einem adeligen Fräulein in einem derart zerfledderten Zustand gesehen zu werden, wäre für ihn denn auch eher schmeichelhaft gewesen. Er dachte an den Ruf der Götze. Was würde man bei Hof sagen, wenn sich herumsprechen sollte: sie sei mit einem Dermoplastiker zusammen gesehen worden, und zwar so, als sei sie eben aus einem herbstlichen Laubbett aufgestanden? Er wollte ihr sagen: Setzen Sie doch bitte Ihre Kappe wieder auf, aber er sagte: Man muß lernen, die Balance zu halten, sozusagen in der Bewegung sicher zu stehen.

Nein, sagte sie, erst muß man lernen, sich fallen zu lassen, einfach so, ohne sich zu beobachten, sonst klammert man sich schon wieder an irgend etwas fest. Es ist die Gebärde des Loslassens. Dann weinte sie, aber ohne Bewegung, so daß sich ihre Augen still mit Tränen füllten.

Die zweite Kutsche fuhr vorbei, und die darin sitzenden Jäger grölten ein Lied: *Auf auf zum fröhlichen Jagen.*

Wäre die Kutsche mit den besoffenen Sonntagsjägern nicht gewesen, Schröter hätte sie jetzt in die Arme genommen. So aber standen sie nebeneinander und sahen den leicht abfallenden Hang in das kleine Tal hinunter, durch das sich ein bebuschter Bach schlängelte. Da, plötzlich, mit einer raschen Bewegung, warf sie die Kappe ins Tal, die rotierend flog und einen Moment still in der Luft stehen blieb, bis sie hinunterstürzte und rotleuchtend in ein Brennesselgestrüpp fiel.

Sie hatte mit dem zunächst sprachlos dastehenden Schröter den Flug ihrer Kappe verfolgt und gesagt: Wie schön. Und da hatte auch Schröter gelacht und gesagt: Ein Luftrad.

Sie begann in ihrem mit Schlüsseln beschwerten Pompadour zu kramen und zog ein kleines, in mattblaues Papier eingewickeltes und mit einer roten Seidenschleife verschnürtes Päckchen heraus.

Zur Erinnerung, sagte sie. Und als Schröter das Päckchen nahm und Danke murmelte, umarmte sie ihn, und er spürte ihre Wimpern wie einen Schmetterling an seinem rechten Ohr, als sie sagte: Leben Sie wohl.

Sie ging die Allee hinauf, und ihr blaues Kleid leuchtete zwischen dem Hellbraun und dem letzten Dunkelgrün. Schröter roch an dem Papier und der Seidenschleife, sie roch nach diesem fernen, ihm unbekannten Blumenparfum. Er zog die Schleife auf, entfaltete das Papier und fand eine kleine, schmale, mit Samt ausgeschlagene Schachtel, in der ein feiner silberner Stab lag, wie ein winziger Zauberstab, der einen rätselhaften Schlitz hatte und um den sich ein kleiner flacher Ring schloß. Schröter schob den Ring hoch, und es erschien ein bernsteinfarbener Dorn, der winzige Teil eines Schildkrötenpanzers: ein Zahnstocher, eben jener, der neben meiner Schreibmaschine liegt und auf dem ich erst jetzt, nachdem ich mich so intensiv mit dem Leben von Onkel Franz beschäftigt habe, die kleinen, kaum sichtbaren Initialen entdeckt habe, eingeritzt auf der silbernen Abschlußkappe: F = S. Hieß das Fräulein von Götze mit Vornamen Sabine oder Susanne? Ich habe das nicht herausfinden können.

Mein Onkel Franz legte den Zahnstocher wieder in das Lederetui und steckte es in eine der Taschen seiner Fahrradjacke. Dann stieg er den Abhang hinunter, stampfte unten am Bachlauf vorsichtig die Brennesseln nieder, die schon schwarz und von Fäulnis glitschig waren. Er hob die rote Kappe auf. Während er die Böschung wieder hinaufstieg, überlegte er, was er mit dieser Kappe tun solle. Mitnehmen? Er war nicht sicher, ob die Götze nicht ihre Laune bereuen und umkehren würde, um die Kappe zu suchen. Also setzte er sich auf einen Stein, blickte in das kleine Tal und hörte hinter sich noch zwei Kutschen der stark angeheiterten Jagdgesellschaft vorbeifahren, die ihm aus unerfindlichen Gründen jedesmal Waidmannsheil zuriefen. Nachdem er eine gute Stunde so dagesessen hatte, stand er auf und hängte die Kappe auf den Ast eines Kastanienbaums. Sie war in ihrem Rot unübersehbar. Er bestieg sein Rad und fuhr nach Coburg zurück. Er hatte sich bei der Götze nur ganz überrascht und darum wie beiläufig für diesen silbernen Zahnstocher bedankt, und überhaupt fiel ihm jetzt, während der Fahrt, ein, was er ihr alles hätte sagen können und müssen. Er legte sich, teilweise laut vor sich hin sprechend, Erklärungen, Sätze, ganze Reden zurecht, für den Fall, daß sie ihm in den nächsten Wochen einmal begegnen würde. Das Eigentümliche aber war, daß sie sich in der Stadt, in der doch jeder jedem täglich über den Weg lief, nur zweimal in den folgenden Jahrzehnten begegnen sollten. Beide Male aber war sie in Begleitung, und beide Male grüßte sie ihn so, wie man jemanden grüßt, dem man einmal den Auftrag gegeben hat, einen Mops auszustopfen, und dem man dann bei der Ablieferung gesagt hat, er sei ein Künstler.

Er hörte von ihr, was an Geschichten durch die zahlreichen Dienstboten aus dem Schloß getragen wurde: Daß sie viel in ihrem Zimmer saß und noch immer versuchte, die Sonette Petrarcas ins Deutsche zu bringen, daß sie in großen Mengen Dörrpflaumen, Kleie und getrocknete Feigen aß und daß sie auf Spaziergängen nach wie vor unter den unglaublichsten Entschuldigungen hinter Büschen und Gestrüpp verschwand. Als die Herzogin starb, zog die Götze in ein kleines unter dem Dach gelegenes Zimmer. Sie konnte von dort weit über den Park sehen, bis zu dem Mausoleum. Aber sie mußte ihren Feigenbaum um die Hälfte absägen lassen, damit er in das Dachzimmer hineinpaßte. Und im Winter, wenn das Wasser in der Waschschüssel gefror, mußte sie seinen Stamm mit Stroh umwickeln. Sie war von Herzog Alfred und dann von dem jungen Herzog Carl Eduard einfach mit übernommen worden wie all das andere bewegliche und stehende Gut. Sie trug viel zur Unterhaltung bei, und man amüsierte sich über sie, wenn sie sich über die Kunst des Hochradfahrens ereiferte und davon schwärmte, auf diesen hohen Rädern zu einer beglückenden Balance zu finden, während draußen längst die Automobile durch die Straßen knatterten. Der noch sehr junge Herzog Carl Eduard nahm sie zuweilen auf gesellige Spaziergänge mit und schickte ihr dann seine Hunde ins Gebüsch nach. Er konnte sich mit den ihn begleitenden Damen und Herren jedesmal wieder ausschütten vor Lachen. Als 1918 die roten Fahnen auf dem Schloß gehißt wurden und der Herzog abdankte, zog die Götze aus ihrem Dachzimmer aus und ging, eine zierliche Greisin mit einem Köfferchen, nur von der Metzgermeisterfrau Schön erkannt, zum Bahnhof, bestieg einen Zug und verschwand, niemand weiß, wohin.

Als Schröter an diesem frühen Herbsttag in die Stadt zurückkam, durfte er zu Recht hoffen, sie bald wiederzusehen. Er hatte während der Rückfahrt immer wieder an dem blauen Einwickelpapier und vor allem an der roten Schleife gerochen, ein Duft, der schnell verflog und, als er sich dem Schloßplatz näherte, nur noch zu erahnen war.

Schon von weitem hatte er den Lärm gehört, einen für diese Stadt ganz ungewöhnlichen Lärm. Die Militärkapelle spielte *Heinzelmännchens Wachtparade* wie jeden Sonntag, dazwischen aber hörte er ein vielstimmiges Schreien, Kreischen und Lachen, so daß er glaubte, einer dieser ungarischen Bärenführer sei wieder einmal in die Stadt gekommen und lasse vor dem Schloß einen der riesigen Braunbären aus Transsylvanien auf einem erhitzten Eisenrost tanzen.

Er fuhr die Leopoldstraße hinunter zum Schloßplatz, auf dem eine Menschenmenge hin und her wogte wie ein Bienenschwarm, der seiner Königin folgt, manchmal dunkler werdend, weil sich alle zusammenballten, dann sich aufhellend, weil alles in Bewegung kam, und dann entdeckte er das aus dem Schwarm ausbrechende Hochrad, neben und hinter dem alles herrannte, Kinder, Jugendliche, sogar Männer und Frauen, denn auf dem Hochrad saß eine Frau, seine Frau, die Anna, von ihm auch zärtlich Wöddel genannt. Sie fuhr eine große Linkskurve und danach eine Rechtskurve, und sie fuhr keineswegs verkrampft, im Gegenteil, sie fuhr gelöst, und sie lächelte, zeigte ihre starken weißen Zähne, blickte dabei kühn nach links und rechts wie eine, Schröter stockte innerlich, wie eine Zirkusreiterin. Sie sah sehr adrett und ordentlich aus, hatte das dichte braune Haar hochgesteckt, darauf ihren kurzrandigen Hut, trug die eng geschnittene Kostümjacke, die er an ihr mochte, und darunter einen braunen langen Rock, oder waren das zwei Röcke, oder eine Hose, eine Hose mit extrem weit geschnittenen Hosenbeinen, eine Mischung von beidem, ein Hosenrock. Anna trug das syrische Unterkleid, und schon dieser Name ließ einem vor Scham das Blut in den Kopf schießen. In dem Musikpavillon spielte die Militärkapelle jetzt einen Walzer, kam aber immer wieder aus dem Takt, weil die Musiker statt des Dirigenten Anna im Auge hatten, die tatsächlich auch ungewöhnlich viel Bein zeigte, ihre schwarz glänzenden Knöpfstiefel und darüber noch etwas vom Strumpf, wenn auch nur kurz bei Heben der Pedale. Die Menge tobte, aus Empörung und vor Begeisterung über diese so ganz und gar ungehörige Frau, meine Tante, sie, die erstmals das Hochrad bestieg, nicht als Mann verkleidet, und so in aller Öffentlichkeit zeigte, daß auch eine Frau diese Maschine fahren kann und, mehr noch, daß es auch Spaß macht. Dagegen waren diese bärtigen Männer, mein Onkel Franz eingeschlossen, die man bislang auf den Hochrädern gesehen hatte, eher verspannte Finsterlinge gewesen. Tante Anna lächelte und hörte nicht die dummen Witze, die gehässigen Bemerkungen, die schlüpfrigen Anspielungen, sah auch nicht die geilen Blicke, dieses immer auf den Sturz begierige Glotzen, und kam ihr die Menge dann doch zu nahe, trat sie einfach etwas stärker in die Pedale und ließ ganz mühelos all die Sprücheklopfer, Neider und Gaffer hinter sich. Dabei konnte sie unbeengt durchatmen, denn sie hatte, was Schröter erst zu Hause spüren sollte, trotz ihres beachtlichen Busens, das Korsett abgelegt. So hatte sie gleich zweimal gegen alle guten Sitten verstoßen: Sie war auf ein Rad gestiegen, und sie hatte den Fischbeinpanzer abgelegt. An diesem Sonntagnachmittag, das wird auch Onkel Franz gespürt haben, war etwas anders geworden.

Natürlich richtete sich damals schnell die Aufmerksamkeit auf den eben angekommenen Schröter, der von seinem Rad abgestiegen war, weil er vor Staunen nicht weiterfahren konnte. Er tat aber so, als sei der sich ihm bietende Anblick die normalste Sache der Welt. Das war ihre Rache für die sonntäglichen Ausflüge mit Gützkow. Der Lehrer Gützkow lehnte am Eingang des Hoftheaters, den rechten Arm, den er sich vor den Augen seiner Klasse bei einem Sprung über das Turnpferd gebrochen hatte, in schwerem Gips, dessen Last eine Stoffschlinge hielt. Schröter hatte Gützkow sofort entdeckt, und zugleich war der fürchterliche Verdacht in ihm aufgestiegen, daß Anna mit Gützkows Hilfe heimlich das Radfahren erlernt habe. Er wußte, was das bedeutete. Er kam ja selbst gerade von einem Treffen mit einer ehemaligen Schülerin zurück. Alles beim Erlernen des Hochradfahrens war darauf angelegt, daß sich Lehrer und Schülerin in die Arme fielen. Man kam sich ganz zwangsläufig näher.

Schröter stand da, sah die radfahrende Anna, hörte die aus dem Takt gekommene Musikkapelle und spürte als körperlichen Schmerz seine Eifersucht, einen Druck auf Magen und Herz, als wachse etwas Fremdes in ihm, das ihm das Atmen schwermachte. Deutlich hatte er vor Augen, wie Anna fiel und Gützkow sie auffing, wobei sie sich heftig an ihm festklammern mußte, weil er sie mit seinem Gipsarm kaum halten konnte. Und wie jede Eifersucht hatte auch seine Eifersucht ihren Grund darin, daß die beiden eine Lust genossen hatten, von der er ausge-schlossen worden war, und zwar mit dem ausdrücklichen Vorsatz, ihm diese Lust vorzuenthalten. Tatsächlich aber hatte Anna das Hochradfahren nicht von Gützkow und auch nicht, wie die Leute glaubten, heimlich von Schröter, sondern selbst erlernt. Sie hatte eine neue, langwierigere, dafür aber auch um so sanftere Methode gefunden, ohne sich Gliedmaßen abzutrennen, ohne Hautabschürfungen und ohne grünblaue Flecke, die Schröter denn auch, trotz allabendlicher Übermüdung, an seiner Frau entdeckt hät-te. Die Schröters hatten ja – was niemand in der Stadt wissen durfte – eine Petroleumlampe im Schlafzimmer stehen.

Anna hatte sich, kaum war Schröter zu seinem abend-lichen Fahrradunterricht aus dem Haus, eines der im Lager stehenden Hochräder genommen, es in den abge-schlossenen Laden geschoben und damit begonnen, auf zwei Rädern zu balancieren. Sie stieg auf den eisernen Auftritt am Hinterrad und konnte so, kam sie ins Kippen, sich einfach mit einem Bein am Boden wieder aufrichten. Es war eine sehr einfache, auf Dauer wirkungsvolle Übung, da sie auf diese Weise ein Gefühl für die Maschine und deren empfindliche Stabilität bekam. Als sie so, halb auf dem Rad, fast eine Minute durch minimale Gewichts-verlagerungen stehen konnte, begann sie, mit dem Rad im Hausflur zu rollern – einen Fuß auf dem Auftritt, stieß sie sich mit dem anderen vom Boden ab. Für den nächsten Schritt, der sie in den Sattel bringen sollte, mußte sie ihren Oberrock und die beiden Unterröcke fallen lassen. Des-halb zog sie im Schaufenster das Leinenrollo herunter, das Schröter gegen das für Federn und Felle gleicherma-ßen schädliche Sonnenlicht hatte anbringen lassen. Dann stellte sie – in der Dämmerung lag die Gasse schon im Dunkeln – eine Petroleumlampe auf und bestieg in ihren knielangen Unterhosen das an die Wand gelehnte Hochrad. Langsam fuhr sie, sich mit der linken Hand an der Wand abstützend, die Mauer entlang, stieg ab, drehte das Rad um, stieg wieder auf, stützte sich mit der rechten Hand ab und fuhr an der Mauer zurück. Sechs Meter hin, sechs Meter zurück. Die Kurven lernte sie, indem sie einfach vor der Ecke von einer Wand zur anderen fuhr. So lernte sie in der Kurve das Freifahren, wenn auch nur eine kurze Strecke. Eines Abends, als Schröter wieder einmal im Gasthof *Zur Linde* um die Vereinssatzung seiner noch immer zu gründenden Gesellschaft zur Förderung des Radfahrens kämpfte, gelang es Anna erstmals, ohne sich auch nur einmal abzustützen, die ganze Strecke zu durchfahren. Was sie nicht ahnen konnte, war, daß die Metzgermeisterfrau Schön von ihrem Wohnzimmerfenster aus einen, wenn auch undeutlichen Schatten auf dem Rollo hin- und herschweben sah. Eine Gestalt, die nicht ging, die auf etwas ritt, die flog. Frau Schön sträubten sich von dem langsam über den Rücken zum Nacken hochsteigenden Schauder die Haare. Das Unerklärliche und höchst Sonderbare aber war, daß, als erstmals und ohne Annas Wissen das Wort Hexe aus dem Mund der Schön kam, Anna tatsächlich äußerst merkwürdige Träume hatte. An jenem Abend, an dem Schröter für eine Vereinsgründung der Radfahrfreunde im Gasthof gestritten hatte, legte sie sich, nach fast dreistündigem Hin- und Herfahren erschöpft, wenn auch ohne Quetschungen, neben ihren ebenso erschöpften Franz ins Bett und schlief auch sofort ein, wachte aber wenig später von einem Traum auf, der ihr ein euphorisches Glücksgefühl zurückließ. Sie war aus einer engen dunklen Baumhöhle aufgeflogen und schwebte über einen Tannenwald. Sie flog ohne Angstgefühl. Dann entdeckte sie unter sich ein Haus, auf dessen Dach Schröter stand, der, ein Luftfischer, eine Ratte an einer Angel hielt und Anna zurief, er wolle den Wind fangen. Die Ratte zappelte, denn ihr Schwanz war die Angelschnur. Anna flog weiter, deutlich sah sie unter sich die Berge, Täler, Straßen und Städte. Sie spürte das Fächeln ihres eigenen Flügelschlages und wie der Wind in ihrem Gefieder spielte, eine schmeichelnd zärtliche Gebärde. Davon war sie aufgewacht.

Ein andermal träumte sie, daß sie als Bussard hoch über der Erde ihre Kreise zog, bis sie einen einzeln dastehenden Baum entdeckte, dessen Äste wie Arme zum Himmel gestreckt waren. Als sie niederstieß und sich auf einen dieser Äste setzte, spürte sie das Rauhe, Harte der Rinde, dann aber, als sie sich festkrallte, ein weiches, warmes Fleisch, spürte, daß sie es selber war, es war ein kurzer wollüstiger Schmerz, der ihr auch spürbar im Gedächtnis blieb, da Schröter sie aufgeweckt hatte, benommen und verstört, und ihr sagte, sie habe im Schlaf geschrien, ein unheimlicher Schrei sei das gewesen. Sie wollte wissen, wie sie geschrien habe. Und Schröter sagte nach einem kurzen Zögern: Es war der Schrei eines Bussards.

Er war aber plötzlich nicht mehr sicher, ob er das nicht selbst geträumt hatte. Einen Moment kämpfte Anna mit sich, ob sie ihm ihren Traum erzählen sollte, konnte es aber nicht, weil ihr alles noch so nah und körperlich spürbar war. Zugleich war sie sich aber auch selbst unheimlich geworden.

Erst 48 Jahre später, anläßlich ihrer goldenen Hochzeit, als sie nebeneinander saßen, sie den goldenen Kranz auf dem grauen, streng nach hinten gekämmten und zu einem kleinen Knust zusammengebundenen Haar, er den kleinen goldenen Kranz am Revers seines Anzugs aus schwarzem Manchestertuch, den er sich vor mehr als fünfzig Jahren in London hatte schneidern lassen, zu ihren Füßen Mädchen in weißen Kleidern, die staksigen Beine in weißen Strümpfen, die Jungs in schwarzen Trägerhosen, weißen Hemden, das streichholzlange Haar mit Wasser an den Kopf geklebt und die Scheitel wie Schmisse gezogen, neben dem sitzenden Jubelpaar all die nahen und fernen Verwandten, die guten und die anderen Bekannten. Vor dieser Gruppe hantierte der ehemalige Hofphotograph Mansfeld, der, photographierte er mit seinem alten Plattenapparat, stets sein rotes Richard-Wagner-Barett trug, da nahm Onkel Franz, während Mansfeld noch die Platten abwischte, an den Schrauben drehte und Lampen verstellte, die ewig rauhe, mit Altersflecken bedeckte Hand von Tante Anna und flüsterte ihr zu: Damals beim Fahrradunterricht am Mausoleum, da gab es ein Fräulein Götze, das auch ... Tante Anna winkte mit der freien rechten Hand ab, das wußte sie längst, das wußte damals die ganze Stadt. Während Mansfeld noch einen Hocker holte, um den kleingeratenen Verlobten einer Schröterschen Enkelin in der hintersten Reihe etwas höher zu stellen, flüsterte Tante Anna in das ebenfalls ergraute dichte Ohrhaargestrüpp, einmal habe sie ihm auch etwas verschwiegen. Da fiel ihm sogleich der Name Gützkow ein, obwohl er seit Jahren nicht mehr an den gedacht hatte. Gützkow, fragte er.

Gützkow, sie sah ihn verwundert an, nein. Aber sie habe damals, als sie im Schlaf geschrien habe, tatsächlich geträumt, sie sei ein Bussard.

Ein Bussard?

Ja.

Seltsam. Er dachte nach, konnte sich aber nicht mehr an das nächtliche Gespräch erinnern. Er habe auch oft von Tieren geträumt, das bringe wohl der Beruf so mit sich, Tiere, an denen er gerade zu arbeiten hatte, begannen sich plötzlich zu bewegen, schrien, kreischten, schnappten ihm nach der Hand, die gerade die Zähne lakkieren wollte, oder aber sie gingen aufeinander los, hackten sich, daß die Federn flogen, zerfetzten sich mit ihren Geweihen. Aber daß er selbst eines dieser Tiere gewesen sei, habe er nie geträumt, jedenfalls könne er sich nicht daran erinnern. Und dann saßen die beiden still nebeneinander, hielten sich noch selbstvergessen die Hände und warteten auf das Zeichen des unter dem schwarzen Tuch verschwundenen Photographen Mansfeld: Onkel Franz sitzt sehr aufrecht, ein strenger Blick aus dunklen Augen, der Mund gefältelt und etwas verkniffen über dem grauen Spitzbart. Neben ihm, rechts vom Betrachter, steht riesig, in einem schwarzen Anzug, der über dem Bauch Falten zieht, Onkel Fritz mit einem Lichtreflex auf der spiegelnden Glatze. Dann Tante Alma mit einer höchst kompliziert gesteckten Hochfrisur, dann eine Frau, die trotz des Zeichens den Kopf bewegt und ein verschliertes Gesicht hat, das man auf fast jeder Plattenphotographie von Gesellschaften findet. Alle anderen machen die um Bewegungslosigkeit besorgten Gesichter, und auch die Kinder blicken vor lauter Anstrengung, stillzusitzen, stier und leer. Nur Tante Anna hat, deutlich sichtbar, so ein kleines Grienen in den Mundwinkeln. Vielleicht kommt das noch von Onkel Franzens Frage nach dem Lehrer Gützkow, vielleicht aber auch aus der Erinnerung an die Metzgermeisterfrau Schön, die im Bild weit hinten, fast am Rand steht, als die damals, nach den nächtlichen Radfahrübungen, dem geisterhaften Schatten in der Gestalt von Anna, äußerst mißtrauisch und einsilbig ein Pfund Kutteln auswog, überzeugt davon, daß es bei der Schröterschen nicht mit rechten Dingen zuginge.

Eine Vermutung, die für den, der die Familie von Anna kannte, durchaus nicht abwegig war. Der Bruder von Tante Anna, mein Großonkel Fritz, war als Schlachtergeselle seiner Schwester aus dem mecklenburgischen Rostock ins Thüringische gefolgt und hatte es in Dietersdorf bei Coburg durch Fleiß und eine gute Partie, vor allem aber durch das ständige Befragen seiner Knöpfe, des Kaffeesatzes und der Sterne zu einem Gasthof mit Schlachterei gebracht. Er erzählte mir davon, als er uns Ende der vierziger Jahre in Hamburg besuchte, um sich dort eine Gartenbau- und Landwirtschaftsausstellung anzusehen: ein schnauzbärtiger Riese, glatzköpfig, an die achtzig, mit knarzenden Schnürstiefeln von furchterregender Größe. (Dat sind de mecklenburger feut, sagte meine Großmutter, die selbst Schuhgröße 45 hatte.) Onkel Fritz guckte immer irgendwelchen Frauen und Mädchen nach, die dann wohl, wegen seines Alters, irritiert kicherten. Zum Frühstück aß er vier in Rotwein geschlagene Eier, was mein Vater mit einem rätselhaften: Kein Wunder kommentierte. Dann zogen wir los nach Planten un Blomen, Onkel Fritz und ich, er erzählte von der Roggenmuhme und dem Taler, den man Toten auf die Zunge legen muß, während ich mit rutschenden Hosenträgern und kratzenden Bleylehosen neben ihm hertippelte, erzählte von dem Werwolf, in den sich ein Geselle nachts verwandelte und den er, Onkel Fritz, als junger Mann, morgens angeschossen im Bett der Kammer fand, die sie beide bewohnten, erzählte von dem glucksenden Kichern in den Kühen, in die sie, die man nie beim Namen nennen soll, hineingefahren waren und die man nur durch eine Futterbeigabe von überkreuzgehackter Nießwurz wieder austreiben konnte, de luert överall, besünners in de düsternis, flüsterte Onkel Fritz, darum trug er auch zwei Amulette an seiner silbernen Uhrkette und verfolgte den Stand der Sterne, die Linien in der Hand, die Knorpel der Ohrmuschel. Wir setzten uns auf eine Bank an einem jener langweilig ausgemauerten Goldfischbassins mit Seerosen in Planten un Blomen. Onkel Fritz erzählte, wie eines Morgens in seinem Gasthof alle drei Katzen aus dem Haus liefen, wie der Hofhund rasend bellte und an seiner Kette zerrte, wie seine Kutschpferde unruhig im Stall wieherten, wie in einem der tragenden Dachbalken knisternd ein Riß erschien, wie plötzlich alle Vögel an dem sonnigen Frühlingstag still waren. Es war der Tag, als die amerikanischen Truppen Dietersdorf besetzen wollten und einen Schuß abgaben aus einem schwerkalibrigen Geschütz, der einzige Schuß, der bei der Besetzung des Dorfes abgegeben wurde, ein Warnschuß, einfach irgendwohin in die Luft gefeuert. Die Granate aber durchflog eine lange schöne Parabel und schlug im Gasthof von Onkel Fritz ein, und das große alte Haus mit all seinen Stallungen, der Scheune, der Kegelbahn, brannte ab, obwohl Onkel Fritz mit Wasser löschte, obwohl er eine Wünschelrute an eine Mauer lehnte, die den Brand anhalten sollte, aber nicht konnte, weil sie zuvor im Dreck gelegen hatte. So stand er vor dem Haus und mußte mit ansehen, wie alles abbrannte, seine Arbeit von mehr als fünfzig Jahren. Und obwohl das schon drei Jahre her war, weinte er, saß am Beckenrand des Goldfischbassins und weinte. Mir war das peinlich vor all den Besuchern, die sich auf dem staubigen Weg vorbeischoben und zu uns herüberguckten. Trösten konnte ich ihn nicht, das hätte nur das Siebte Buch Moses gekonnt. Wenn er das gehabt hätte, dann hätte man die Granate in das nahe gelegene Gehölz ablenken oder gleich in einen Blindgänger verwandeln können, ein kleines Loch im Dach, das wär alles gewesen. Dumm tüch, sagte jedesmal meine Großmutter, die Schwester von Onkel Fritz, wenn er wieder einmal damit anfing, allens dumm tüch. Sie ging schwarzen Katzen aus dem Weg, klopfte auf Holz, spuckte manchmal jemandem über die Schulter, war also abergläubisch für den normalen Hausgebrauch, indessen sich ihre Schwester, Tante Anna, nicht einmal von der schwarzen Katze hatte beeindrucken lassen, die ihr von links nach rechts über den Weg lief, als sie an jenem Sonntagnachmittag das Hochrad zum Schloßpark schob. Sie trug das syrische Unterkleid, das sie sich selbst geschneidert hatte, und zwar nach einer Karikatur in der Coburger Zeitung: eine Frau steht in dieser Pluderhose da, ein Bein leger auf einen Stuhl gestellt, auf dem ein Mann sitzt und strickt. Die Frau raucht eine Zigarre und hat einen kleinen Spitzbart. Anna hatte sich von dieser Karikatur also nicht abhalten, sondern anregen lassen.

Übrigens hatte auch Frau Schön von ihrem Wohnzimmerfenster aus die Katze gesehen, die Annas Weg kreuzte, und gesagt: Die Schrötersche reitet auf dem Besen. Nun ritt sie auf dem Stahlgestell vor einer johlenden Menschenmenge her. Und Onkel Franz, der ein empfindsames Gespür für Peinlichkeiten hatte, muß dieser öffentliche Auftritt Annas, in den er ganz unfreiwillig mit einbezogen war, höchst zuwider gewesen sein. Zugleich spürte er aber auch neben der Peinlichkeit, der stillen Wut des Übertölpelten, der Eifersucht des von ausschweifenden Fahrradübungen Ausgeschlossenen, noch etwas anderes: Bewunderung. Er bewunderte Anna, wie sie auf dieser so schwer beherrschbaren hohen Maschine saß, so mutig, stark und schön. Mutig, weil sie diese bisher nie gesehene Kleidhose trug, stark, weil sie über all ihren Gaffern hoch erhaben saß, und schön, weil sie sich lächelnd und schnell von all ihren Neidern entfernen konnte, wann immer sie wollte.

In meiner Erinnerung sehe ich Tante Anna am Fenster stehen. Sie stand dort vormittags und nachmittags. Die Arme auf ein im Fenster liegendes Kissen gestützt, neben sich den schwarzglänzenden Ebenholzstock, blickte sie hinaus. Eine alterskrumme Frau, die ihr spärliches graues Haar hinten zu einem kleinen Vogelnest verknotet hat. Sie trägt eine Brille, die ihre blauen Augen ins Riesige vergrößern. Wenn sie sich nach mir, der am Fußboden ein kleines Pferdefuhrwerk mit Sandsäcken belädt, umdreht, grinst sie, sagt: na min jung, und knackt mit dem Gebiß.

Umarmt sie mich, was ich nicht mag, pikst es. Zweimal in der Woche rasiert sie sich. Ich darf ihr dabei zusehen, wie sie die Seife mit dem Pinsel schaumig schlägt und sich dann auf das Kinn streicht. Das kommt vom Radfahren, sagt sie, grinst und knackt mit dem Gebiß. Für mich hing damals das Radfahren auf eine geheimnisvolle Weise mit dem Bartwuchs zusammen. Sie steht vor dem Spiegel, und vorsichtig fährt sie sich mit Onkel Schröters Rasierapparat über das Kinn. Der weiße Schaum am Kinn verschwindet langsam, bis auf einen schmalen Streifen. In den Falten ihres Halses sind ein paar der langen grauen

103

Haare stehengeblieben. Diese zierliche gekrümmte Frau in meiner Erinnerung hat keine Ähnlichkeit mit der Frau, die auf der sepiafarbenen Photographie im Familienalbum zu sehen ist: Sie steht neben Onkel Franz vor der Ladentür. Sie ist fast ebenso groß wie er, der angespannt seitwärts und über die Kamera hinwegblickt, als beobachte er dort oben einen Vogel im Auffliegen. Sie hat ihr volles braunes Haar hochgebunden, das sich eigenwillig wellt, darunter eine hohe Stirn, eine eher große Nase und ein energisches Kinn, aber einen weich geschwungenen Mund, der in kleinen Grübchen endet. Sie trägt eine weiße Bluse mit gekraustem Halssteg, deren Ärmel zwei kräftige Unterarme frei lassen. Die ziemlich großen Hände hat sie ineinander gelegt. Die Grübchen am Mund deuten ein verschmitztes Lächeln an. Die Photographie muß in dem Jahr entstanden sein, als sie auf dem Schloßplatz ihre Runden fuhr, wo an jenem Sonntag, nachdem Onkel Franz sich gefaßt und wieder sein Hochrad bestiegen hatte, sie aufeinander zu- und unter den Klängen des *Fehrbelliner Marsches* und mit Applaus, aber auch Pfiffen und Pfuirufen nach Hause fuhren.

10

Schröter hatte gerade das achte Hochrad verkauft, und weitere elf standen im Lager und warteten auf Käufer, da stockte von heute auf morgen die Nachfrage. Auch die Neugierigen blieben aus, die, wenn auch ohne ernsthafte Kaufabsichten, täglich kamen, um die Maschine einmal von nahem zu bewundern. Die befingerten dann die

Hartgummireifen, hoben die Maschine hoch, um ihr Gewicht zu prüfen, oder strichen mit den Fingern über die Speichen des Vorderrads wie über eine Harfe.

Nur zwei Straßen weiter, vor dem Nähmaschinengeschäft von E. und E. Schmidt in der Webergasse, drängten sich hingegen die Neugierigen vor einem Schaufenster. Dort stand neben den Dürkopp-, Singer- und Adam-Opel-Nähmaschinen ein Fahrrad, wie man es bislang noch nicht in der Stadt gesehen hatte: ein gutes Stück kleiner als das Hochrad, waren seine Räder vorn und hinten gleich groß, als habe man das riesige Vorderrad und das winzige Hinterrad zusammenaddiert, durch zwei geteilt und somit genau die mittlere Größe von beiden erhalten. Neu war vor allem die Stellung des Sattels, der nicht mehr auf dem Vorderrad saß, sondern zwischen den Rädern auf einem Stahlrohrdreieck. Es war nicht ganz klar, worüber die Leute mehr lachten, über dieses ulkige Rad oder über den Spruch auf dem Schild, den die Zwillinge E. und E. Schmidt gemeinsam gereimt und geschrieben hatten, in roter, weißer und schwarzer Farbe: Wer noch nicht auf den Kopf gefallen ist und schon immer schlau war, kauft sich Naumanns niederes Zweirad Germania.

Dieser Spruch, zumal in seiner nationalistischen Färbung, war natürlich gegen die englischen Hochräder von Schröter gerichtet und spielte zugleich auf die häßlichen Stürze an, die es in der kurzen Fahrradgeschichte der Stadt schon gegeben hatte und die sich entsprechend schnell herumsprachen, wie der Fall des Privatiers Zeller.

Zeller war ein glühender Anhänger der Lehre Darwins. Als Beweis für die damals heiß diskutierte Lehre von der Abstammung des Menschen vom Affen, entblößte er jedesmal einen seiner stark schwarz-behaarten Unterarme und zeigte jenen Scheitel auf der Innenseite, den man auch auf Affenarmen findet. Fräulein von Götze wurde jene Sottise zugesprochen, die besagte, Zeller sei das von Darwin vergeblich gesuchte Bindeglied zwischen Mensch und Affen, das Missing link, bei dem der Scheitel am Innenarm deshalb so deutlich zu sehen sei, weil Zeller noch immer heimlich in die Bäume seines Gartens steige und sich an die Äste hänge, wo ihm das ablaufende Regenwasser die Armscheitel nachzöge.

Zeller war an einem Freitag auf seinem neugekauften Hochrad nach Neustadt aufgebrochen, wo er einen Vortrag über die natürliche Auslese und den Kampf ums Leben halten wollte. Gern verwies er in seinen Vorträgen auf die Spartiaten, die von ihm bewundert wurden, da sie mißratene und schwächliche Kinder einfach aussetzten. Gegen 11 Uhr vormittags erreichte er den Berg, von dem die Straße ins Rödental hinunter abfällt. Die Straße führt nach einer leichten Kurve steil abwärts und mündet im Tal in eine scharfe Linkskurve ein, an beiden Seiten mit Bäumen bestanden, rechts eine steile, sechs Meter tiefe Böschung.

Zeller war diesen Weg schon mehrmals mit der Kutsche gefahren und wußte, daß die Kutscher die Talfahrt mit angezogener Bremse antraten und dennoch mußten sich die Pferde oftmals gegen den nachschiebenden Wagen stemmen, dessen Bremsen unten rauchten. Zeller aber hatte, während er langsam über den Hügel die Straße hinunterrollte überlegt, ob er, der auch dilettierender Landschaftsmaler war, anhalten und dieses Panorama zeichnen sollte: Das Tal unter ihm dampfte in der Sonne, die über eine aufgetürmte Wolke ein Strahlenbündel auf die gegenüberliegenden Höhen warf. Über dieser Betrachtung war er in eine bisher nie erreichte Geschwindigkeit geraten. Er nahm die Füße von den wirbelnden Pedalen und erlebte im Pfeifen des Fahrtwindes, im Vorbeiflitzen von Bäumen und Büschen seinen ersten Geschwindigkeitsrausch. Er deklamierte brüllend: Den du nicht verlässest, Genius, / Wirst ihn heben übern Schlammpfad / Mit den Feuerflügeln. / Wandeln wird / Wie mit Blumenfüßen / Über Deukalions Flutschlamm / Python tötend, leicht, groß / Pythius Apollo. Nur kurz fragte er sich, ob er nicht vielleicht schon jetzt abbremsen sollte, dachte aber an die todesmutigen Spartiaten, an Leonidas, Wandrer, kommst du undsoweiter und ließ das Rad weiter zu Tal rasen, bis er nach der ersten weiten Kurve, die er flatternd und mit knirschenden Zähnen durchfahren konnte, auf den noch steiler abfallenden Teil der Straße kam. Da zog er langsam, wie Schröter es ihm immer wieder gepredigt hatte, die Handbremse an, aber der kaum spürbare Druck auf den Vorderreifen hob ihn sogleich nach vorne, so daß er notgedrungen die Bremse losließ und auf der Maschine verkrallt wahrhaben mußte, daß an ein Bremsen bei dieser Geschwindigkeit nicht mehr zu denken sei, es sei denn, er hätte sich absichtlich über das Rad katapultieren wollen. So raste er zu Tal, spürte das steiler werdende Gefälle als Druck im Magen und merkte entgeistert, daß die Geschwindigkeit der Maschine noch weiter zunehmen konnte, was er nie vermutet hätte. Alles mögliche schoß ihm durch den Kopf, auch der Gedanke, von der Maschine abzuspringen, sich einfach nach hinten fallen zu lassen, um so wenigstens den edleren Körperteil vor Verletzungen zu bewahren. Er versuchte es. Aber seine Hände gehorchten seinem Willen nicht, sie waren wie mit den Griffen verschweißt. Es blieb nur die Hoffnung, in äußerster Konzentration das Tal zu erreichen, wo allerdings noch diese wahnwitzige scharfe Kurve auf ihn wartete. Dann aber entdeckte Zeller – und er hatte das Gefühl, innerlich zu vereisen – den Ochsenwagen, der langsam und in der Mitte der Straße hinunterkroch, daneben latschte ein Bauer. Zeller raste zu Tal mit einem langen, nicht enden wollenden Entsetzensschrei, der auch den Bauer von der Straße scheuchte. Die Beine angezogen und mit all seiner Willenskraft weit nach hinten zurückgelehnt, vor sich die wirbelnden Pedale, hier einem Stein, dort einem Schlagloch mit winzigen Lenkbewegungen ausweichend, sah Zeller die Kurve auf sich zukommen, die Bäume an der Seite und dahinter dieser fürchterliche Abhang, da durchzuckte es ihn, diese Kurve konnte er nie und nimmer durchfahren, schon spürte er einen kleinen Ruck, irgendein Stein, ein Ästchen, eine kleine Bodenunebenheit, und in seiner besinnungslosen Angst beugte sich Zeller instinktiv weit nach vorn, um den grausamen Abstand zur Erde zu verringern, und flog endlich mit einem Jubelschrei der Erleichterung und weit ausgestreckten Armen mehrere Meter durch die Luft. Er schlug auf den Bauch auf, wie der Bauer, nachdem er den Besinnungslosen auf seinem Ochsenwagen nach Mönchröden gefahren hatte, zu berichten wußte, rutschte mehrere Meter weiter, bis er endlich bewegungslos liegenblieb.

Weniger dramatisch war der Sturz von Pastor Dahs. Dahs war ein unbedingter Anhänger jeglichen Fortschritts. Er war davon überzeugt, und glich darin dem radfahrenden Freiherrn, daß man durch die Gasbeleuchtung die Nacht zum Tage machen könne, wobei er, im

Gegensatz zu jenem, aber auch an eine Veredelung der menschlichen Sitten im Gefolge des technischen Fortschritts glaubte.

Macht euch die Erde untertan, dieses Bibelwort war sein Lieblingszitat, von dem ausgehend er in seinen sonntäglichen Predigten über die Bedeutung der Gasbeleuchtung, der Dampfschiffahrt, des nahtlos gewalzten Stahlrohrs, der Telegraphie und einer damit beginnenden, alle Grenzen überschreitenden Völkerverständigung redete, die einmal in den von Gott gewollten Weltfrieden einmünden werde.

Darum überraschte es niemanden in der Stadt, daß Dahs einer der ersten war, die sich bei Schröter ein Hochrad bestellten, und er nahm auch sogleich Fahrradunterricht. Er lernte schnell und recht passabel fahren, mußte dazu eine berufsbedingte Fahrweise erlernen, eine Hand am Lenker, die andere frei für den Hut, um auf den Straßen ständig nach links und rechts grüßen zu können. Eben diese pastorale Grußpflicht wurde ihm eines Tages in der Steingasse zum Verhängnis. Dahs zog galant seine Melone vor der Frau des örtlichen Glühlampenfabrikanten und beugte sich so höflich wie unglückselig vornüber. Ein ganz und gar unspektakulärer Standardsturz. Dahs aber zog sich eine schwere Gehirnerschütterung mit einer der dabei häufig auftretenden retrograden Amnesien zu. Die reichte mehrere Tage über den Unfalltag hinaus und hatte auch ein Gespräch gelöscht, das Dahs sechs Tage vor seinem Sturz in Hamburg wegen der Besetzung der Hauptpastorenstelle geführt hatte. Ein von beiden Seiten höchst vertraulich geführtes Einstellungsgespräch, das nun zur Verwunderung der Hamburger Kirchengemeinde nochmals angesetzt werden mußte.

Was Dahs aber in der damaligen Zeit zu einem viel bestaunten Fall der Medizin machte, war, daß er, nachdem er aus seiner Bewußtlosigkeit wieder erwacht war, Farben riechen konnte. Er roch, betrat seine Frau, die sich stets in Blau kleidete, das Krankenzimmer, einen tränentreibenden Ammoniakgeruch, wobei betont werden muß, daß Frau Dahs keineswegs unnormal schwitzte. Wie sich bald herausstellte, verströmte für Dahs jedes Blau diesen Geruch, der nur durch Aufhellung erträglicher wurde. So roch beispielsweise das Hellblau eines wolkenlosen Vormittagshimmels nur noch entfernt nach Ammoniak. Die ochsenblutrote Krawatte seines Kollegen, des Pastor Hahn, roch penetrant nach Rosenkohl und überlagerte das Grün der Jacke, das, drehte sich Hahn um, nicht etwa nach frisch gemähtem Gras, sondern nach Hefe roch.

Auf unerklärliche Weise konnten die Sinnesorgane von Dahs aber auch Gerüche als Farben wahrnehmen. Beispielsweise sah er den von ihm so sehr geschätzten Kalbsrollbraten in einem Zitronengelb dampfen, so daß ihm gleich das Wasser im Mund sauer zusammenlief, und absonderlicherweise verströmte der Wirsingkohl ein schattiges Lila. Da die Farben nur im Licht leuchten, war es nicht weiter überraschend, daß er in der Dunkelheit nichts mehr riechen und nichts mehr schmecken konnte. Alles wurde ihm da zu einem faden Nichts. Kaum aber dämmerte es, begann ein feines, ausdrucksstarkes Spiel um seine Nase. Er wäre mit diesem Organ und seiner so einmaligen Fähigkeit sicherlich ein hochgeschätzter Berater in der französischen Parfumindustrie geworden, die ihre Düfte ja auf die Modefarben abzustimmen versucht. Aber sicherlich hätte er das nicht mit seinem theologischen Sendungsauftrag vereinbaren können, und so verliert sich sein Lebensweg im Dunklen der norddeutschen Backsteingotik.

Schröter war nun keineswegs derartig verblendet, daß er vor solchen katastrophalen Unfällen einfach die Augen verschlossen hätte, auch schob er die Schuld nicht nur den Fahrern des Hochrads in die Schuhe. Die Gefahr des Kopfsturzes war einfach unübersehbar. Darum bestellte Schröter dann auch ein Exemplar des neuentwickelten Sicherheits-Hochrads, wobei schon dieser Name verriet, daß sich dieses Rad nicht annähernd mit der artistischen Elegance eines richtigen Hochrads vergleichen ließ. Der Sattel war, um Kopfstürze zu vermeiden, von der Radmitte weiter nach hinten und unten verlagert, so daß auch die Pedale nach hinten verlegt werden mußten, die bei diesem sogenannten Extraordinary über ein Hebelsystem das Vorderrad antrieben. Der Fahrer trat die Pedale wie ein Nähmaschinenbrett. Dieses Sicherheits-Hochrad war also genau das richtige für Leute wie Dahs und Zeller. Das niedrige Zweirad hingegen war denn doch wohl ein Kuriosum: unsportlich, schlicht und einfach. Der Name, unter dem es eingeführt wurde, sagte schon alles: Safety.

Schröter hatte Anna zu dem Geschäft von E. und E. Schmidt in die Webergasse geschickt, damit er deren Grinsen durch die Fensterscheibe nicht mit ansehen mußte. Anna hatte danach eine Zeichnung vom Safety aus dem Gedächtnis angefertigt. Die Zeichnung ist erhalten und gibt recht genau den Aufbau und die Mechanik, insbesondere des kettengetriebenen Hinterrads wieder. Allerdings sind die Dimensionen etwas verzeichnet, die Räder sind zu klein, der Sattel ist zu groß. Vielleicht liegt ein Grund von Schröters geradezu krankhafter Abneigung gegen das Niederrad, wie wir es mit wenigen Änderungen bis heute benutzen, in dieser Verzeichnung von Anna. Jedenfalls sagte er drei Tage später, nachdem er den Sohn von E. und E. Schmidt auf dem niedrigen Zweirad in der Mohrenstraße gesehen hatte: Ein Ulk. Geradezu lächerlich. Ein Rad für alte Menschen und – er stockte, weil Anna ihn plötzlich fixierte – und Kinder.

Schröter ging sodann zum Friseur Wetzlaff, ließ sich die Haare schneiden und erzählte unter dem Scherenklappern, daß er am nächsten Sonntag mit seiner Frau eine Fahrt ins Blaue machen wolle. Er wußte, daß über Wetzlaff jede Nachricht schnell und unverstellt unter die Leute kam. Schröter plante eine Demonstrationsfahrt. Wenn eine Frau das Hochrad fahren konnte, wozu dann noch dieses Safety.

Es war der letzte Sonntag im Oktober, als Schröter und Anna ihre Räder aus der Ladentür in einen kühlen diesigen Morgen hinausschoben. Gützkow war gekommen, um die beiden zu verabschieden. Anna hatte sich, da sie Gützkows Beinlänge hatte, dessen Rad geliehen. Sie hatte sich ein wollenes Kapuzencape umgehängt, und Schröter band einen kleinen Weidenkorb an die Lenkstange seines Rades, das Gützkow festhielt. Anna schob das Hochrad an und schwang sich – Metzgermeister Schön wäre dabei beinahe aus dem Fenster gefallen – in ihrem syrischen Unterkleid auf das Rad. Dann stieg Schröter auf und winkte Gützkow nochmals zu, der den Fahrradgruß: All Heil nachrief.

Schröter und Anna fuhren die Judengasse hinunter, vorbei an Fenstern, hinter denen sich heimlich Gardinen bewegten, kamen zum Bahnhof, wo eben mit schrillem Pfeifen der Morgenzug nach Sonneberg auslief, neben dem sie im gleichen Tempo herfuhren. Sie sahen, wie der

Heizer Kohlen ins Feuer warf. Der Zug wurde schneller, und die graue Rauchwolke verschwand im tiefhängenden Nebel. Sie fuhren auf dem mit Katzenköpfen gepflasterten Kanonenweg hinaus ins freie Land, das in stillem unbewegten Dunst lag. In der Nacht hatte es den ersten leichten Bodenfrost gegeben, die Eschen hatten ihr gelbbraunes Laub abgeworfen. Ihre Gesichter glühten, obwohl die Haut kühl war. Sie fuhren nebeneinander, und Anna mußte immer wieder lachen, weil im hellblonden Schnurrbart von Franz kleine Kondenstropfen hingen. Er fuhr ihr mit der Hand unter das Cape und am Rücken hinauf, wobei sie ihn ängstlich ermahnte, doch ja die Spur zu halten. So fuhren sie langsam und ohne Hast über die Landstraße, kamen durch Beiersdorf, wo ein paar Kirchgänger standen und sie stumm anstarrten. Eine Schar Krähen, aufgeschreckt von Schröters Klingeln, ruderte aus einem frisch gepflügten Acker in die Luft. Dann wieder die weite Stille, nur die Fahrgeräusche, von irgendwo ein dunkles Hundebellen. Sie kamen an einen Berg und mußten die Räder hinaufschieben. Als sie oben angekommen waren, atemlos und, ohne die Kühlung des Fahrtwindes, schwitzend, sahen sie, wie der Dunst sich aufhellte und, langsam durchblaut, den Himmel freigab. Die Sonne schien plötzlich warm in der Kühle. Hinter ihnen, irgendwo in der Ferne, in diesem diesigen Grau, auf das sie jetzt von oben wie auf eine Wolkendecke blickten, lag die Stadt. Anna nahm ihr Wollcape ab und breitete es auf dem betauten Boden aus. Sie setzten sich darauf. Er öffnete den Weidenkorb und packte die Butterbrezeln und Pommeranzen aus, während Anna den dampfenden Kaffee aus der Thermosflasche in zwei kleine Becher schüttete. Aus der Ferne, aus dem Dunst hörten sie das Läuten einer Kirchenglocke. Abends, es war schon dunkel, kamen sie im Schein ihrer Karbidlaternen in die Stadt zurück. Auf den Straßen waren nur noch wenige Spaziergänger, unförmige Klumpen, die an Leinen von ihren Hunden durch das diesige Dunkel gezogen wurden. Anna und Schröter schoben ihre Räder in den Laden und hörten am nächsten Morgen, daß die Stadt den ganzen Tag über im Nebel gelegen habe.

Fast fünfzig Jahre später, auf der schon erwähnten goldenen Hochzeit, antwortete Onkel Franz, welches denn nun der glücklichste Tag in seiner Ehe gewesen sei: Der Tag, als wir mit den Rädern auf dem Hauberg waren.

Tante Anna, ebenfalls befragt, dachte lange nach, knackte mit dem Gebiß und sagte: Jo, dat warn wunnerschönen dag.

Aber niemand konnte so recht verstehen, was an dem Tag so außergewöhnlich gewesen sein sollte, es sei denn, die beiden Alten, deren Gesichter vom vielen Anstoßen glühten und die sich noch immer die Hände hielten, verschwiegen etwas.

11

Drei Tage nach diesem Ausflug, es war inzwischen November geworden, begann ein sturzflutartiger Regen. Die Itz trat über die Ufer und die halbe Stadt stand unter Wasser. An Radfahren war nicht mehr zu denken. Schröter hatte also endlich Zeit, an all die liegengebliebenen Bälger und Häute zu gehen, um sie den Nachbildungen ihrer ehemaligen Träger wieder überzuziehen. Da kam nachmittags Gützkow in die Werkstatt gestürzt, den tropfenden Regenschirm wie einen Degen in der Faust, und berichtete, in der Stadt hingen Plakate, die einen Vortrag gegen das Fahrradfahren ankündigten. Schröter lief aus der Werkstatt, holte sich Mantel und Schirm und konnte schon drei Häuser weiter auf einem Plakat lesen: Über die Gemeingefährlichkeit des Fahrrades. Referent Herr G. Orloff, Dienstag, 19 Uhr, Hotel zum Bahnhof.

Selbstverständlich hatte Schröter schon von Orloff gehört und auch gelesen. Orloff war einer der hartnäckigsten Fahrradgegner, der in zahlreichen Reden, Aufsätzen und Vortragsreisen gegen das Fahrradfahren kämpfte. Er war, wie Schröter von Gützkow hörte, von der Coburger Schuhmacherinnung eingeladen worden, die ihm die Reise, das Hotelzimmer und die Spesen bezahlte.

Die Diskussion über den Nutzen, den Wert und die Gefahren des Velocipeds war selbstverständlich vom ersten Tag seines Auftauchens in der Stadt entbrannt. Schröter kämpfte noch mit dem Aufsteigen, da hatten sich die Meinungen schon verfestigt. Der eine oder andere änderte seine Meinung, nachdem er Schröter und Gützkow nach Seßlach hatte fahren sehen, wohin man zu Fuß einen Tag brauchte. Aber die Diskussion verschärfte sich erheblich, als die Räder wegen der Kälte und Regenschauer aus dem Stadtbild verschwanden, so als lasse deren Unsichtbarkeit den Meinungen erst ihren freien Lauf. Es war, als wüßte jeder, daß in diesem Winter darüber entschieden werde, ob es im nächsten Sommer noch bei der alten Beschaulichkeit des Gehens bliebe, oder ob die Unrast, die von diesen Maschinen ausging, von der Stadt Besitz ergriffe. Entsprechend hart und erbittert wurde über das Für und Wider gestritten, in Familien, Gemeinden, evangelischen, katholischen und israelitischen, in den Innungen, Veteranen-, Gesang-, Turn- und Reitvereinen, in Offizierscasinos, Armenküchen, bei den Nationalliberalen, Freisinnigen, Monarchisten und in den Tarnorganisationen der noch immer verbotenen Sozialdemokraten. Die Gegner des Fahrrads hatten allerdings auch einiges ins Feld zu führen: abgetrennte Fingerglieder, schwere Gehirnerschütterungen, Platzwunden und Prellungen bei den Radfahrern, Abschürfungen und Schocks bei unbeteiligten Passanten, die durch Anfahren verletzt wurden: zwei Kinder, drei Frauen, ein Mann und sechs Hunde. Dazu durch Klingeln oder aber auch nur durch das Auftauchen des Hochrades scheuende und durchgehende Pferde, von denen eines mit einem Gemüsewagen durch Straßen und Gassen gejagt war, eine Spur Möhren, Kohlrabi und Salatblätter wie auf einer Schnitzeljagd hinter sich herziehend – ganz abgesehen von solchen Verwilderungen wie einer hosentragenden Frau.

Noch am selben Abend setzten sich Anna, Schröter und Gützkow an den Tisch und machten Inventur, trugen zusammen, was sich alles Gutes vom Radfahren sagen ließ. Schröter sollte diese Punkte auf der Orloff-Versammlung vortragen, da Gützkow ausgerechnet an diesem Abend – man konnte wohl zu Recht eine Absicht dahinter vermuten – zu einem Gespräch beim Schulvorstand bestellt worden war.

Als dann der Dienstag gekommen war, machte sich Schröter mit einem Spickzettel in der Tasche und Anna, die unbedingt dabeisein wollte, am Arm auf den Weg in das Bahnhofshotel.

Pünktlich um 19 Uhr betrat Schröter, als sei er der Referent, den vollen Versammlungssaal. Auf der Suche nach einem freien Tisch wurden er und Anna von einem Raunen der Männer begleitet, denn es gab außer Anna keine Frau in dem Saal. Schröter konnte keinen seiner Schüler im Saal entdecken. Nur der Redakteur Hofmann saß vor zwei leeren mit Schaum verklebten Biergläsern und schrieb, ohne hochzublicken. Ganz hinten fanden sie noch einen freien Tisch. Anna ließ sich von Schröter das Cape abnehmen und legte ihren Hut auf einen der freien Stühle. Schröter blickte in den Saal. Auch E. und E. Schmidt waren, wie nicht anders zu erwarten, nicht gekommen, auch nicht ihr Schnösel, dieser Ladenschwengel und Niederradfahrer, der, wenn er Schröter in der Stadt auf seinem Rad begegnete, immer sang: *Wenn alle Brünnlein fließen.* Die ließen sich die Kastanien von ihm, Schröter, aus dem Feuer holen. Schröter wünschte sich nach dem Anblick dieses schadenfrohen Grinsens im Saal, daß der Dachdecker Heinemann kommen möge, zusammen mit seinem Muskelpaket, dem Ziegeleiarbeiter Wachsmann, dem Schröter zu guter Letzt doch noch das kontrollierte Auf- und Absteigen beigebracht hatte.

Plötzlich verstummte das Gemurmel im Saal. Durch eine Seitentür war der Obermeister der Schuhmacher, Pirzel, hereingekommen. Ihm folgte ein freundlich grinsender Mann um die Fünfzig, der einen schweren Tuchmantel mit einem flauschigen Biberbesatz trug, Orloff: ein graumelierter, an den Backen säuberlich ausrasierter Vollbart, in dem noch etwas Mostrich von dem gewaltigen Eisbein klebte, das er zuvor im Hotelrestaurant verschlungen hatte. Als er den Mantel ablegte, kam ein bedeutender Bauch zum Vorschein, von einer Weste bedeckt, über die eine überschwere goldene Uhrkette hing. Die beiden Herren setzten sich an den auf einem Podest stehenden Tisch, der mit vier Schnittblumen geschmückt war. Orloff suchte auf seinem Stuhl noch knarzend nach dem richtigen Sitz, als aus dem Publikum ein dritter Mann nach vorn ging. Es war zur Überraschung Schröters jener Spielzeugfabrikant, der gleich in der ersten Unterrichtsstunde so schwer vom Hochrad gestürzt war, daß sein Steißbein, dieses atavistische Schwanzende, wie eine Mohnkapsel aufgebrochen war. Er setzte sich vorsichtig und schief auf die linke Backe, nachdem er Orloff durch Obermeister Pirzel vorgestellt worden war. Schröter machte sich beim Anblick dieses Schmerzensmannes, der sein nicht unerhebliches Gewicht beim Sitzen immer wieder von einer Gesäßbacke auf die andere verlagern mußte, sogleich Selbstvorwürfe, so als habe er diesen Mann vom Rad gestoßen. Dabei war der auf die dümmste und plumpeste Weise, die man sich nur denken konnte, gefallen. Andererseits hätte er vielleicht doch versuchen müssen, den Mann aufzufangen, denn – und das war der Grund für seine Gewissensbisse – er war vor dem stürzenden Schwergewicht entsetzt zur Seite gesprungen. Auch das Getuschel zwischen dem Spielzeugfabrikanten Beckmann und Orloff konnte doch nur ihn betreffen, und tatsächlich blickte Orloff hoch und in seine Richtung, entdeckte Anna und fixierte sodann ihn, Schröter.

Ein Kellner brachte den drei Herren am Rednertisch je ein Bier, und für Orloff wurde noch eigens ein Glas Wasser geholt. Obwohl der Saal inzwischen überfüllt war und viele an den Wänden und den kannelierten gußeisernen Säulen lehnten, hatte sich niemand zu den Schröters an den Tisch gesetzt, ja man hatte sie nicht einmal um einen der drei noch freien Stühle gebeten.

Anna hatte sich ihr Haar zu einer fülligen Hochfrisur

gesteckt, sorgfältig und mit zahlreichen Haarklammern, und doch fiel ihr, nachdem sie den Hut abgenommen hatte, immer wieder eine Strähne in den Nacken, ins Gesicht, dieses starke Haar war einfach nicht zu bändigen, und Anna war, eine Haarklammer im Mund, ständig damit beschäftigt, es wieder hoch- und festzustecken. Orloff trank von dem Bier. Ihm blieb, nachdem er das Glas mit langen Zügen halbleer getrunken hatte, ein Schaumstreifen an der Oberlippe, den er sich nach und nach mit einer eigentümlich schmalen, spitzen Zunge ableckte. Er nickte Pirzel zu. Der stand sogleich auf, zog seine weißen Gummimanschetten unter den Jackenärmeln etwas hervor, räusperte sich umständlich, was Anna zum Kichern brachte, da sie es vorhergesagt hatte, dann sagte er: Liebe Coburger, wir freuen uns, daß so viele gekommen sind, um gegen diese Maschine, die ungebeten herkam und voller Gefahren, was viele so inzwischen auch sehen, da sie, Pirzel überlegte einen Moment, konnte aber die verhedderte Satzkonstruktion nicht mehr auflösen. Da ließ er seiner Erregung freien Lauf. Er begann zu schreien und zu gestikulieren, es schob ein Satz den anderen hervor: Wir wissen, daß es in England zu Zusammenschlüssen von Bürgern gekommen ist, die sich gegen das Velocipedfahren wehren. Deren Fahrer werden nicht mehr gegrüßt und, wo sie kaufen wollen, nicht mehr bedient, und wo sie verkaufen wollen, kauft niemand etwas mehr bei ihnen. Im Saal wurde geklatscht. Pirzel fuhr sich mit dem Zeigefinger in den weißen Gummikragen, als ringe er nach Luft. Wer diese Maschine besteigt, hat uns vorher nicht um Erlaubnis gefragt, wir aber sind die Betroffenen. Wir werden durch den Lärm belästigt. Wir werden auf der Straße angefahren. Diese Maschine gefährdet unsere

Arbeit, und schlimmer noch, sie gefährdet unsere Frauen, sie ist eine moralische Gefahr. Es ist Zeit, daß wir uns dieser Maschine entgegenwerfen. Wir müssen uns wehren. Darf ich Ihnen Herrn Orloff vorstellen, der sich jahrelang mit dem Problem dieser Maschine beschäftigt hat. Herr Doktor, bitte!

Orloff stemmte sich mit einer erstaunlichen Geschwindigkeit hoch und legte seinen wuchtigen Bauch auf den Tisch, der in seiner Höhe und Größe dafür wie eigens angefertigt schien. Orloff lächelte mit seinen säuberlich ausrasierten rotglühenden Bäckchen in den Saal, setzte sich behutsam einen Zwicker auf die Nase, hob die Coburger Zeitung, las eine Überschrift: Der zweite Fall eines Kopfsturzes innerhalb einer Woche. Er hob sich den Zwicker mit zwei Fingern wieder von der Nase und sagte: Das Fahrrad wäre nicht allgemeingefährlich, wenn nur jeder Fahrer rasch einen Kopfsturz machte. Der Saal tobte. Ein Gelächter, Geklatsche, Bravo-Rufen, und es drehten sich wie auf ein geheimes Zeichen all die Herren zu Schröter und Anna um, die gerade wieder mit einer Haarsträhne kämpfte.

Aber es sind ja nicht diese freiwilligen Selbstverstümmelungen, die das Velociped, das Hoch- oder Niederrad, das Zwei-, Drei- oder Vierrad, das Tandem oder Gesellschaftsrad oder was es sonst noch alles gibt, zum Problem machen, sondern es ist die Gefährdung anderer, ganz unbeteiligter Personen, und vor allem auch der Gemeinschaft im allgemeinen, eine körperliche, seelische, wirtschaftliche und sittenmäßige Gefährdung. Die Zahl der Verletzten, zumal Kinder und alte Menschen, durch An- und Umfahren von Rädern ist erschreckend gestiegen. Meine These ist: Das Fahrrad gehört nicht in unsere Straßen. Es ist zu schnell und zu leise. Es ist unseren Sinnen nicht angemessen. Angemessen und darum natürlich ist das Gehen. Angemessen und natürlich ist das Pferd. Wir hören das Klappern seiner Hufe, und das Pferd selbst weicht dem Menschen aus, es sei denn, es wird durch das Herannahen eines Fahrrades um seine Sinne gebracht. Das Velociped, recte Fahrrad, ist nicht natürlich, das wird auch der starrsinnigste Anhänger dieser neuen Maschine nicht abstreiten können, es ist nicht natürlich, also unnatürlich und darum pervers. Nach einer kurzen Denkpause setzte wieder ein prasselnder Applaus ein, den Orloff nutzte, einen Schluck Wasser zu trinken. Hauptpastor Hahn rief: Genau, genau, das ist es, pervers, genau. Und wieder drehten sich alle um und lachten triumphierend zu Schröter und Anna hin, die an ihrem Haar herumsteckte, zwei Haarklammern zwischen den Lippen. Schröter spürte regelrecht die Röte in seinem Gesicht. Es war ein Fehler, in diese Versammlung gegangen zu sein. Am liebsten wäre er jetzt aufgestanden und hinausgelaufen, wäre nicht Anna gewesen, die zwar auch rot im Gesicht war, aber doch mit gelassenen Griffen in ihrem Haar arbeitete, ja, sie hatte sogar so etwas wie ein Grienen um den Mund, oder kam das nur durch die Klammern zwischen den Lippen.

Orloff begann seine grundsätzlichen Einwände mit Hilfe seiner Wurstfinger in ein System zu bringen, das er danach ausführlich zu behandeln versprach.

Der Daumen: der ökonomische Aspekt, der kulturell-ethische: der Zeigefinger, der medizinische: der Mittelfinger, der Ringfinger: der juristische und der ästhetische Aspekt: der kleine Finger. Kommen wir zu Punkt eins, Orloff streckte den Daumen in die Luft. Das Fahrrad ist eine drohende Gefahr für viele Berufe. Zuallererst – und hier neigte er sich leicht zu Pirzel hinunter – das Schuhmacherhandwerk. Jeder weiß, welches Schuhwerk die Radfahrer tragen. Nicht die grundsoliden, zwiegenähten, mit Holzstiften besohlten Lederschuhe aus der Meisterhand, sondern billigste Massenartikel, Strandschuhe aus Leinen, mit denen man nicht wagen würde, über den Marktplatz zu gehen, deren dünne, aufgeklebte Sohlen auf den Pedalen aber so gut wie nicht abnutzen. In England und zuvörderst in Amerika, wo das Radfahren schon weite Kreise erfaßt hat, sind Schuhmacher bankrott gegangen und in bitterste Not geraten, deren Kinder müssen jetzt Hunger leiden. Orloff hatte das wieder in Richtung der Schröters gesagt, sprach aber, noch bevor der Saal sich zu den beiden umdrehen konnte, weiter. Aber auch andere Berufszweige sind vom Fahrrad in ihrer Existenz bedroht: Pianofabrikanten, denn immer mehr Kinder, ja Kinder – in Amerika fahren schon die Kinder auf kleinen Safeties –, radeln, statt das Klavierspielen zu erlernen, nachmittags herum; sodann Uhrmacher und Juweliere, weil es Brauch wird, Konfirmanden Räder statt silberner Taschenuhren zu schenken; aber auch Perückenmacher, Schneider, und vor allem natürlich die Droschkenkutscher sind vom Fahrrad in ihrer Existenz bedroht. Von dieser so viele Menschen in den Ruin führenden Entwicklung profitieren allein die Roßschlachtereien, deren Preise in Amerika allerdings auch schon ins Bodenlose fallen.

Orloff hob den Zeigefinger zum kulturell-ethischen Punkt: Radfahren, das heißt: keine Lektüre, keine Musik, keine Theaterbesuche. Radfahren heißt, den Menschen von seinem geistigen Wesen auf das rein Vegetative niederzuziehen: strampeln, schwitzen, schlafen. Eine Verdummungsmaschine. Die aufkommenden Lacher ließ Orloff durch ein leichtes Abwinken wieder verstummen. Radfahren, das heißt auch weniger Kirchenbesuche, dafür um so mehr Besuche geheimer sozialdemokratischer Veranstaltungen in Stadt und Land. Radfahren, das heißt die Auflösung scheuer Bande. Es muß erschreckend sein, was sich – der Aufsicht von Vormündern und Eltern entzogen – auf den zwei-, drei- und viersitzigen Gesellschaftsrädern in den Parks und der freien Landschaft Englands vollzieht. Ein gespanntes Schweigen im Saal erwartete weitere Ausführungen von Orloff, doch der trank schon wieder in kleinen Schlückchen Wasser, versuchte ein kräftiges Rülpsen zu unterdrücken, das gute Sauerkraut. Und schließlich die weit gefährlichere Erscheinung – die radfahrende Frau. Es war, als hielte der Saal mit Orloff die Luft an, der wohl aber nur ein erneutes Rülpsen bekämpfte. Niemand wagte, sich zu Anna umzudrehen, da Orloff wie beschämt die Augen vor sich auf den Tisch gerichtet hielt. Es ist der Anfang einer widernatürlichen Gleichmacherei. Eine Gleichmacherei, die über die Zigarrenraucherin zur Petroleuse führt. Wie der Dichter sagt, da werden Weiber zu Hyänen, wie in Paris, beim Aufstand der Kommune, den ich als Reserveleutnant beim Infanterieregiment 76 vor der Stadt mit verfolgen konnte. So manche Frau fing im guten Gewissen, mit den besten Absichten an und endete auf so fürchterliche Weise – als Mannweib.

Orloff machte eine Pause, und in der sich jetzt ausbreitenden Stille hörte man nur das Knarzen von Schröters Stuhl.

Drittens, das medizinische Problem, er zeigte den Mittelfinger. Wäre das Radfahren nur eine Selbstverstümmelungsmaschine, man könnte sagen, bitte: wie man sich setzt, so fällt man. Ein paar Lacher gaben ihm Gelegenheit, wieder einige gierige Schlückchen aus dem Wasserglas zu trinken. Man könnte diese Kopfstürze ja auch als eine Art der Auslese verstehen, aber – und wieder trank er – es gibt ja auch noch die gutgläubig verführten, aufgeschlossenen Menschen, die glauben, sich an dem Prozeß des Fortschritts beteiligen zu müssen, durch Vorspiegelung falscher Tatsachen überredet, wie beispielsweise Herr Beckmann, der uns von seinen leidvollen Erfahrungen berichten könnte. Spielzeugfabrikant Beckmann, korpulent und wie immer in eine großkarierte englische Jacke gekleidet, hatte die Rede Orloffs in beständiger Schlagseite verfolgt, mal nach rechts, mal nach links überkrägend. Einen Moment schien es, als wolle Beckmann etwas sagen oder, ein feines Zucken lief über sein bartloses Kinn, womöglich anfangen zu weinen, aber noch bevor es zu einer Äußerung von seiner Seite kam, hatte Orloff schon mit lauter Stimme in den Saal gerufen: Sehen Sie sich doch mal die Fahrradpioniere genau an, die uns mit ihren Maschinen beglücken wollen: dem einen fehlt ein Ohr, dem anderen ein Finger. Alle drehten sich nach Schröter um, der sich dabei ertappte, daß er die Linke unter dem Tisch verbergen wollte. Aber trotzig ließ er sie, wo sie war, um das kühle Bierglas gelegt, an dem das Kondenswasser ablief und aus dem er demonstrativ trank, den Stummel des kleinen Fingers gut sichtbar abgespreizt.

Weit schlimmer aber sind die schleichenden Verletzungen, die radfahrende Frauen durch die Erschütterungen der Räder erleiden. Orloff hatte beim Sprechen seine Stimme zu einem Flüstern gesenkt, gut artikuliert, aber doch so leise, daß eine Bewegung im Saal entstand, die alle Oberkörper und Köpfe dem Redner entgegenschob. Es ist die Schädigung der mütterlichen Organe, also dessen – und während er weitersprach, ging eine rückläufige Bewegung durch den Saal, alles lehnte sich wieder an die Stuhllehnen –, was die Frau doch erst zur Frau macht, die Mutterschaft.

Orloff hielt einen Moment erschöpft inne, tatsächlich standen ihm Schweißperlen auf der Stirn, obwohl Anna später behauptete, selbst diese teilnehmende Erschütterung sei einstudiert gewesen. Sie bewirkte aber ein andächtiges Schweigen, und Schröter, der sein Bier trinken wollte, unterließ es, weil sonst der Stuhl geknarzt hätte. Er war doch gekommen, gut vorbereitet, um Einwürfe zu machen, die Vorteile des Radfahrens, wenn nötig, in den Saal zu brüllen, und jetzt saß er da und wagte nicht, sich zu bewegen. Anna betastete ihre Frisur, aber keine Strähne hatte sich gelöst. Zu Punkt vier, Orloff bog sich mit dem rechten Zeigefinger den linken Ringfinger zurück, den juristischen. Unsere Gesetzgebung ist auf das Fahrradfahren noch nicht vorbereitet. Wer ist der Schuldige, wenn ein Fahrer in einer engen Gasse einen gerade aus der Tür Tretenden zusammenfährt? Überholt der Radfahrer ein Fuhrwerk links oder rechts? Wenn sich eine Kutsche mit einem Fahrrad kreuzt, wer muß halten?

Dann endlich hob Orloff den kleinen feisten Finger, an dem ein massiver Siegelring hing, und sagte, jetzt der ästhetische Einwand, damit wir wieder etwas zu lachen haben.

Der Saal löste sich aus seiner Anspannung, Schröter ergriff das Bierglas, und Anna trank erstmals von ihrem Schoppen Wein.

Es gibt nun aber nicht nur die Entstellungen durch unfallbedingte Verstümmelungen; das Radfahren entstellt auch schleichend und auf schmerzlose Weise. Haben Sie einmal den Gang eines Radfahrers beobachtet, der gerade von seiner Maschine gestiegen ist? Ist Ihnen dabei nicht aufgefallen, daß dieser Gang dem eines Tieres ähnelt, eines Tiers, das wir alle kennen? Orloff sah in den Saal, er ließ den Blick über die plötzlich angestrengt Grübelnden wandern und rief dann, obwohl niemand etwas gesagt hatte: Richtig, die Ente! Es gab Männer, die schlugen sich vor Lachen auf die Schenkel, andere hielten sich den Bauch, als müßten sie sich übergeben. Es war ein unbändiges, ja wütendes Gelächter. Und darin saß lächelnd Anna und finster Schröter. Und Schröter spürte die in ihm aufsteigende Wut als Druck in der Kehle, er rief Fettwanst, kam erst wieder zu sich, als er Annas Hand auf seiner spürte. Hatte er Fettwanst gerufen? Anna drückte seine Hand. Er hatte Fettwanst gerufen. Er hatte einen Reserveoffizier Fettwanst genannt. Er wußte, Präparatoren galten als satisfaktionsfähig, obwohl er andererseits ja ein Ladengeschäft hatte, was einen wiederum satisfaktionsunfähig machte. Ein paar der Umsitzenden hatten sich umgedreht und starrten ihn an, aber Orloff schien nichts gehört zu haben oder wollte nichts gehört haben.

Ein anderes Erkennungsmerkmal eifriger Radfahrer sind die Beine. Als Folge eines stetigen Tretens der Pedale werden die Wadenmuskeln ausgebildet. Dick bis tonnenartig, das sind die sogenannten Radfahrerwaden. Ich bitte Sie, kann man dieses Gefährt im Ernst unseren Damen anbieten? Er stemmte sich auf die Zehenspitzen und rief mit einem zarten Schmelz in der Stimme: Das können und wollen wir nicht dulden und mit einer sanften Handbewegung in die Richtung, wo Anna saß, das darf auch die Frau nicht zulassen, eingedenk des Dichterworts: Du bist wie eine Blume.

Da geschah das, was für Tage zum Stadtgespräch werden sollte, das Unfaßliche, Unbegreifliche für Orloff, Pirzel, Hauptpastor Hahn, für den ihr angetrauten Mann, für all die anderen Männer, denn Anna stand auf und ging vor all diesen Augen und all diesen Spitz-, Voll-, Knebel-, Schnauz-, Kinn-, Backen- und Schnurrbärten ein paar Schritte hin und her, blieb stehen und sagte in das sprachlose Staunen: Sehen Sie, ich bewege mich! Ich gehe! Dann ging sie wieder zu ihrem Stuhl und setzte sich, ohne Anzeichen von Peinlichkeit, nur eine heruntergefallene Haarsträhne mußte sie sich wieder hochstecken. Schröter starrte seine Frau entgeistert an, glaubte, sie habe den Verstand über all den fein verpackten Beleidigungen verloren. Und wie Schröter starrten alle sie an, auch Orloff, der irgendwie den Faden verloren hatte und sich, nach einem Zögern, ebenfalls hinsetzte, wobei nun aber niemand klatschen mochte, denn das hätte ja auch als Beifall für den Auftritt Annas gelten können. Die Versammlung löste sich von selbst auf. Man stand zögernd auf, griff sich die Mäntel und ging langsam aus dem Saal, ohne daß es zu irgendeinem Beschluß, geschweige denn zu einem Boykottaufruf gegen die Fahrradfahrer gekommen wäre.

Später, Orloff saß mit Pirzel und Hauptpastor Hahn bei einer Flasche Wein, war man sich einig, daß diese Frau die Versammlung gestört, ja regelrecht zerstört habe, und zwar auf eine ganz abgefeimt stille Weise. Und Orloff sagte, diese Frau habe ihn an bestimmte Frauen in Paris erinnert, die Zigarren rauchend hinter den Barrikaden gesessen hätten, um seelenruhig mit der Glut ihrer Zigarren die Lunten jener Kanonen anzuzünden, die auf Regierungssoldaten feuerten. Danach rätselten die drei Herren, wie am nächsten Tag die ganze Stadt, was Anna Schröter denn mit ihrem so merkwürdigen Auftritt gemeint haben könne. Einige vermuteten, es sei eine verbale und körperliche Demonstration für den Fortschritt gewesen, andere, die meisten, hielten es für die erste frauenrechtliche Demonstration in der Stadt, zumal erstmals eine Frau in einer öffentlichen Versammlung das Wort ergriffen hatte. Und es gab Hellsichtige, die sagten, nicht das Auftauchen des ersten Hochrades habe die Stadt verändert, sondern dieser so schwerverständliche Auftritt Annas, dessen Wirkung durchaus vergleichbar sei mit der vom Kesselschmied Kruse. Kruse hatte eines Tages, Anno achtzehnhundertachtundvierzig, sechs Arbeiter in dem Hinterzimmer einer Kneipe zusammengerufen, einzig und allein aus dem Grund, gemeinsam ein Bier zu trinken und dabei die Löhne zu vergleichen, woraus in den folgenden Jahren der erste Arbeiterhilfsverein, sodann der Arbeiterfortbildungsverein und schließlich nach vier Jahrzehnten die Gewerkschaften entstanden waren, von denen selbst der Herzog sagte, mit denen sei nicht gut Kirschen essen.

Und Schröter? War ihm an jenem Abend, als er mit Anna unter einem Regenschirm nach Hause ging, die Frau unheimlich geworden? Dachte er, wie soll das weitergehen? Auf jeden Fall war er nicht weiter überrascht, als er schon am nächsten Tag den Spitznamen seiner Frau hörte: Petroleuse.

Zur Verbreitung dieses Namens hatte allerdings auch der Redakteur Hofmann das Seine beigetragen. Er berichtete über diese Versammlung in einem Zeitungsartikel unter der Überschrift: Petroleuse auf dem Hochrad berichtet. Nach der Lektüre dieses Artikels glaubten Anna und Schröter einen Moment, es habe vielleicht noch eine zweite Veranstaltung von Orloff gegeben, die Hofmann dann beim Schreiben seines Artikels mit der anderen durcheinanderbekommen habe. In diesem Artikel wurde nämlich ausführlich über die Gefahr des Nachtfahrens geschrieben, worüber doch in der Veranstaltung, in der Schröters waren, niemand geredet hatte. Ansonsten kam lediglich Orloffs Warnung vor der Verwadung der Radfahrer zur Sprache. Und dann las Anna ihrem Franz vor: Als Herr Doktor Orloff radfahrende Damen mit den Petroleusen aus dem Aufstand der Kommune verglich, stand die Frau des Präparators Schröter auf und drohte damit, den Saal zu verlassen. Es gelang aber Herrn Doktor Orloff, Frau Schröter mit dem Dichterwort: Du bist wie eine Blume, wieder zu besänftigen. Frau Schröter setzte sich, und die Versammlung wurde aufgelöst.

Brachten Anna schon die am selben Abend einsetzenden Erzählungen der Teilnehmer ins Gerede, so erst recht der Artikel in der Coburger Zeitung. Regelrecht in Verruf brachte sie aber eine kleine Notiz über politische Begebenheiten im Herzogtum Coburg, die im verbotenen, aber dennoch über unbekannte Wege in die Stadt kommenden *Vorwärts* stand: Am Dienstag sprach in Coburg der Doktor Orloff gegen die Ausbreitung des Radfahrens. Orloff ist in vielen Städten als Fortschrittsgegner, insbesondere als Gegner des Fahrrads aufgetreten. Diesmal fand er aber den schärfsten Widerspruch von seiten der Zuhörer, wobei insbesondere die Frau des ortsansässigen Präparators auf das heftigste das Recht der Frau auf das Fahrradfahren reklamierte. Das Fahrrad wäre für die Arbeiterbewegung von der allergrößten Wichtigkeit, würde der Preis von den Kapitalherren und Händlern nicht künstlich hochgehalten. Die Versammlung mußte wegen der mutigen Demonstration der Präparatorsfrau und anderer fortschrittlich Gesinnter abgebrochen werden.

Am Morgen nach dem Orloff-Vortrag stand Frau Metzgermeister Schön in einer weißen, morgendlich unbefleckten Schürze vor dem Laden, als habe sie dort die Nacht über gewartet, nur um Anna Schröter ein besonders herzliches: Guten Morgen! über die Straße zuzurufen und nach ihrem Befinden zu fragen, nicht aus Neugier, sondern in freundlicher Anteilnahme, während Metzgermeister Schön, der sich am Abend zuvor den Vortrag angehört hatte, schweigend aus der Ladentür kam, den Blick auf die Blechwanne gerichtet, in der es blaurot bibberte und die er angestrengt und rot im Gesicht vor sich hertrug. Schön, der Anna sogar nach ihren nächtlichen Besenstilritten freundlich, wenn auch verstohlen gegrüßt hatte, ging jetzt grußlos zu dem von einem Bernhardiner gezogenen Blockwagen und schüttete das blutig verschlungene Gedärm hinein, wechselte ein paar Worte mit dem Besitzer dieses Blockwagens, einem Hundezüchter aus Neuses, von dem auch der Herzog seine deutschen Doggen kaufte. Schön ging, die rottropfende Wanne in der Hand, den Blick auf den Boden gerichtet, als verfolgte er die Blutspur, erstaunt, daß sie ihn in seinen Laden führte. So sollte es von nun an bleiben, bis zu seinem Gehirnschlag. Anna war stets da, wo Schön gerade nicht hinsah. Es war der frühmorgendliche Anfang dessen, was Anna in den nächsten Jahren erleben sollte. Durch die Stadt ging nicht nur ein Riß, der die Velociped-Befürworter und die Velociped-Gegner trennte, sondern noch ein anderer, mit dem ersten durchaus

nicht deckungsgleich, nämlich jener, der die Anna-Grü-
ßenden von den Anna-Nichtgrüßenden scharf trennte.
Der Riß kannte keine Konfession und keine Profession.
Er trennte Gemeinden, Familien und Ehepaare. Die
Schöns bildeten durchaus keine Ausnahme. Irgendwelche
Regeln waren, wenn man einmal davon absah, daß Anna
von mehr Frauen als Männern gegrüßt wurde, nicht zu
erkennen. Es blieb auch für Anna ein Rätsel, warum viele,
ging sie mit ihrem Korb zum Mittwochmarkt, die sie nie
gegrüßt hatten, ja die sie nicht einmal kannte, jetzt herz-
lich herüberwinkten und andere, die immer gegrüßt hatten, plötzlich angestrengt etwas auf dem Boden oder an
den Häuserfronten suchten. Diese Reaktionen wären nur
dann verstehbar gewesen, wenn man Genaueres von den
jahrelangen Kämpfen und Schlachten, den Gefechten und
Gemetzeln zwischen Vertiko, Plüschsofa und in den
durchgelegenen Sprungfederbetten gewußt hätte.

Was Anna peinigte, waren nicht die Leute, die durch
sie hindurchsahen, sondern der stille, zuweilen auch laut
geäußerte Vorwurf, sie habe Unfrieden in die Stadt gebracht, sie sei verantwortlich für Zwietracht und Zer-
würfnisse, gerade sie, die Streit und Zwietracht haßte,
körperlich darunter litt, wenn Schröter nach einer Auseinandersetzung stumm aus dem Zimmer ging und nach
vier Stunden muffelnd aus der Werkstatt zurückkam, die
dann alle Anstrengungen machte, ihn wieder zum Reden
zu bringen. Meine Tante Anna trug sich in diesem Winter
mit dem Gedanken auszuwandern. Sie begann englische
Vokabeln zu lernen, ließ sich von ihrem Franz das th
vorsprechen, lief mit seitlich eingerollter Zunge herum,
achtete darauf, daß die Zungenspitze die Vorderzähne be-
rührte und machte th, th, th.

Anna hatte in der Zeitschrift *Der Dermoplast* ein Inserat entdeckt, in dem für das naturwissenschaftliche Museum in Chicago ein Präparator gesucht wurde. Sie hatte Franz Schröter so lange bearbeitet, bis er nach langem Zögern endlich die Bewerbungsunterlagen anforderte. Nach zwei Monaten erhielt er zu seiner Erleichterung die Antwort, die Stelle sei bereits besetzt. Onkel Franz in Chicago, er wäre wahrscheinlich schnell auf das Niederrad, das Rover, gestiegen, hätte in den zwanziger Jahren einen Ford gefahren und wahrscheinlich eine recht gewöhnliche Lebensgeschichte gehabt, in nichts zu vergleichen mit dem nur in dieser Kleinstadt denkbaren und gegen jede Alltagsvernunft geführten Lebenskampf um das Hochrad.

So war auch Schröters Interesse in diesem Winter weniger auf das Ausstopfen gerichtet, obwohl er morgens und nachmittags fleißig in der Werkstatt saß und zahlreiche meist einheimische Tiere präparierte. Sie sehen aber, trotz der wildschlagenden Flügel, drohend erhobenen Tatzen, blutgierig aufgerissenen Rachen, irgendwie teilnahmslos aus, nicht zu vergleichen mit dem noch heute in Gotha zu bewundernden Fuchs, dem die Daunen der eben gerissenen Ente am Maul kleben.

Schröter, in seiner Werkstatt sitzend und einer Bachstelze den Schnabel einsetzend, während draußen still der Schnee in den Hof fiel, wartete nur darauf, daß es dunkel wurde. Dann kam Gützkow, und sie setzten sich um den runden Wohnzimmertisch, stellten den Docht der Petroleumlampe hoch, holten Bücher und Schreibpapier, die Kaffeekanne stand dampfend auf dem Porzellanrechaud. Sie saßen zu dritt um den Tisch und lasen sich abwechselnd aus den neuesten Veröffentlichungen über Kugellager, Hebel-, Löffel-, Streifen- und Bandfußbremsen vor. Sie tauschten ihre Erfahrungen aus, die sie im vergangenen Sommer auf so unterschiedliche Weise gesammelt hatten: Anna mit ihrer sanften Lernmethode, Schröter als Fahrradlehrer und Gützkow auf einer längeren mehrtägigen Tour.

Gützkow hatte in den Sommerferien, kurz bevor er sich den Arm brach, eine Demonstrationsfahrt nach dem gut hundert Kilometer entfernt gelegenen Nürnberg unternommen. Zum einen wollte er den noch Unentschiedenen beweisen, daß die Maschine auch für längere Strecken geeignet sei, und wollte zugleich auch testen, wie viele Kilometer man am Tag zurücklegen kann. Zum anderen, Gützkow war ein leidenschaftlicher Pädagoge, wollte er auf seiner Fahrt durch abgelegene Gegenden die Menschen an den Anblick dieser Maschine gewöhnen. Schröter hatte zunächst mitfahren wollen, es dann aber doch bleiben lassen, weil er, wie er sagte, so viel zu tun habe, aber der eigentliche Grund war, daß er das damals wegen seiner ständigen Aushäusigkeit ohnehin gespannte Verhältnis zu Anna nicht weiter belasten wollte.

Gützkow hatte über diese Fahrt einen Bericht geschrieben, den die Coburger Zeitung nicht abdrucken wollte. Der Bericht erschien aber dennoch, weit entfernt, in einer Flensburger Zeitung. Er liest sich wie ein Expeditionsbericht. Knietief verschlammte Chausseen, die, trockneten sie in der Sonne aus, zu steinharten Kraterlandschaften erstarrten, in denen die Radspuren der Fuhrwerke wie Schienen verliefen, denen man, war man mit dem Rad einmal hineingeraten, folgen mußte, wohin sie gerade führten. Dorfjungen, die Gützkow mit Steinen, Erdklumpen und Pferdeäpfeln bewarfen. Ältere Leute, die sich –

er kam durch katholische Gebiete – bei seinem Anblick bekreuzigten. Halsbrecherische Überholversuche, die von den Fuhrleuten mit Peitschenhieben zurückgeschlagen wurden. Ins Riesige mutierte Dorfköter, die ihn verfolgten und sich, trotz seiner verzweifelten Schläge mit einem dafür eigens geschnittenen Knüttel, immer wieder in den Hinterreifen, die Pedale und einmal auch in seinen Fuß verbissen. Neugierige, vor denen nichts sicher war, die Schrauben, Muttern, die Laternenhalterung, ja sogar den Bremsgriff abschraubten, kaum daß er seine Radlermaß ausgetrunken hatte. Insgesamt vierzehn Stürze, davon zwei Kopfstürze, die aber durch eine mit Papier ausgestopfte Kappe abgemildert wurden, zwei blutige Peitschenstriemen im Gesicht, am ganzen Körper Platzwunden, Abschürfungen und Prellungen, zerrissene Schuhe, Hosen und eine aufgeplatzte Jacke. Gützkow empfiehlt in seinem Artikel allen künftigen Tourenfahrern dringend, etwas Notproviant, ein paar Ersatzhosen, vor allem aber eine kleine handliche Reiseapotheke mitzunehmen.

Die Tourenerfahrungen Gützkows, Schröters Erkenntnisse aus seinem Fahrradunterricht und Annas schmerzlose Lernmethode sollten nämlich ebenso in das von Schröter und Gützkow geplante Fahrrad-Buch eingehen wie eine grundsätzliche Erörterung all jener Fragen, die das Fahrradfahren und seine Auswirkungen auf Leib, Seele, Wirtschaft, Religion und Gemeinschaft – Gützkow sagte Gesellschaft – betrafen. Die Vorbereitungen für dieses Buch, das dann aus später noch zu berichtenden Gründen nicht fertig wurde, sind glücklicherweise erhalten, und zwar in Form zahlreicher Blätter und Zettel mit Exzerpten, Notizen und Anmerkungen, teils in der kleinen, gut leserlichen lateinischen Schrift Schröters, teils in den genialischen Auf- und Abstrichen der Gützkowschen Sütterlinschrift.

In Sütterlin ist beispielsweise die historische Entwicklung des Zweirads abgefaßt, die durchweg dem deutschen Erfindungsgeist zugeschrieben wird: 1649 Nürnberg, Johann Hautsch, Zirkelschmied, erfindet und entwickelt einen Tretwagen; 1814 Karlsruhe, Erfindung der Schnelllaufmaschine durch den Freiherrn Drais; München, Laufmaschine mit Lenker des Bergrates von Bader, undsoweiterundsoweiter. Über die Entstehung und Entwicklung des Zweirads muß es zwischen Schröter und Gützkow abweichende Einschätzungen gegeben haben, denn in der zierlichen lateinischen Schrift Schröters gibt es eine Notiz, die den gereisten Mann verrät: Die Erfindung des Fahrrads ist eine europäische. Alle Kulturnationen waren daran beteiligt, insbesondere Deutschland, England und Frankreich. Es ist also von seiner Herkunft wie auch von seiner Bestimmung her grenzüberschreitend.

In Sütterlin hingegen erkennt man Karl Marx: Das Rad hätte viel früher erfunden werden können, aber man brauchte es *noch* nicht. Erst als die Distanzen im städtischen Bereich, bedingt durch die Ausbreitung der Fabriken und das Wachstum der Bevölkerung, stark zunahmen und der einzelne vom Haus zum Arbeitsplatz Strecken zurücklegen mußte, die für Eisenbahnen und Pferdebahnen unrentabel, weil zu individuell waren, schlug die Stunde des Fahrrads. Mit dem Wachsen der Distanzen wurde die Zeit immer kostbarer, denn Zeit ist Geld, nur menschliche Arbeitskraft schafft Werte.

Ein anderes Sütterlinzitat: Das Fahrrad ist eines jener Werkzeuge, vermöge derer der Mensch sowohl sich selbst der Erde als auch die Erde sich schneller und leichter anpaßt. Er kann von Stund an auf größerem Fuße leben. Zugleich ist die Maschine eine Waffe, mit deren Hilfe der Mensch die Schranken, die in der Distanz liegen, niederreißt und somit ihr Herr wird. Und da das Rad ihn von Land zu Land trägt, ist er seinerseits ein Herold des Völkerfriedens.

Und noch ein drittes und letztes Sütterlinzitat: Das Fahrrad rüttelt den Menschen aus seiner puschigen Gleichgültigkeit.

Schröters Anmerkung und Notizen lesend, frage ich mich, ob er vielleicht, was für einen Mann seines Standes doch recht ungewöhnlich gewesen wäre, Max Stirners *Der Einzige und sein Eigentum* gelesen haben könnte, oder aber, ob nicht doch etwas an dem Gerücht dran war, das damals in der Stadt die Runde machte: Schröter habe in London in anarchistischen Zirkeln verkehrt. Aber wahrscheinlich war das nur die phantastische Ergänzung zu der Petroleuse.

Da steht in seiner gutleserlichen lateinischen Schrift: Die Eisenbahn ist dem Fahrrad als Beförderungsmittel vorausgegangen und hat ihm Bahn gebrochen. Die Eisenbahn hat die langen Distanzen für viele geöffnet. Aber sie selbst genügte den wechselnden Ansprüchen des modernen Verkehrs nicht mehr. Feste Gleise, feste Fahrpläne. Sie gehört nur der Masse, die sich ihr unterordnet und anpaßt und ihre Bewegungen nach der Schablone des offiziellen Fahrplans regeln muß. Das Rad aber unterliegt keinem Fahrplan, es ist frei. Nicht folgt es dem allgemeinen Gleise, sondern auf tausend selbstgewählten Pfaden schweift es dahin. Zu jeder Stunde, nach allen Himmelsrichtungen führt es seinen Reiter. Es dient ganz und gar dem individuellen Bedürfnis; es trägt der unendlichen

Vielfalt menschlichen Wollens und Strebens Rechnung. Der einzelne, der im großen Zuge verschwand, kommt auf dem Rad wieder zur Geltung. Es ist die Maschine, die den einzelnen zu sich selbst bringt. Eine andere Notiz deutet die Richtung an, in die sich der Fahrradpionier Schröter weiterbewegen sollte, und in welcher Sackgasse er schließlich landete: Nur das Hochradfahren ist im eigentlichen Sinn richtiges Radfahren. Denn weit stärker als das Niederrad (das Schröter zu der Zeit ja nur vom Sehen kannte) zwingt das Hochrad seinen Fahrer, auf den Pfad zu achten wie ein Indianer, der eine Fährte verfolgt. Alles ungesunde Grübeln schwindet, und statt dessen werden der Gesichts-, der Gehör- und der Tastsinn geschärft. Das Hochrad ist eine Sinnschärfmaschine. Zugleich das Lebensgefühl: sich bewegen, mit der größten Lust, und doch immer von der Gefahr des Sturzes begleitet. Das, was zum plumpen Fall bestimmt ist, in der Bewegung aufrechtzuhalten, das ist der Artefakt, zu dem man selbst gehört, die sich selbst genießende Schönheit.

Eine andere Notiz lautet: Alles hängt davon ab, *wie* man fährt, *wer* fährt, ist ganz egal. Das gleiche gilt auch für den Sturz. Und dann ein Zitat, das Schröter sich irgendwo herausgeschrieben hat und das vermutlich als Motto für seine Fahrradästhetik gedacht war, gleichermaßen aber auch für seine dermoplastischen Arbeiten stehen kann: still und bewegt.

Diese zunächst recht sonderbar und oftmals kurios wirkenden Notizen sind mir inzwischen verständlicher geworden, und Onkel Franz ist mir über dieses Verstehen abermals nähergekommen, er, der jahrelang still und starr in meiner Erinnerung eingeschlossen war: Ein kleiner grauer Mann, der zwischen vielen regungslosen Tieren saß. Damals spielten wir auf der Straße Versteinern: Man tickt jemanden an, und der muß augenblicklich in seiner Bewegung erstarrt stehenbleiben. Erlöst werden kann man nur von denen, die sich noch frei bewegen. So öffnet sich mir jetzt Onkel Franz in einem immer reicher werdenden, eigenwilligen Leben, das sich zugleich aber auch mehr und mehr in seine Eigenständigkeit zurückzieht. Ich träume jetzt öfter von ihm, von dem ich früher nie geträumt habe. Einmal führte er mich über ein vergletschertes Tal, eine mächtige, leicht gewölbte Eisfläche, in der Ferne von nackten Felsgebirgen begrenzt. Kein Tier, kein Baum, kein Strauch, eine leblose Stille. Wir gingen über ein graublaues tiefes Eis voll eingesprenkelter Luftblasen, bis wir zu einem Gestell kamen. Eine Zwitschermaschine, erklärte mir Onkel Franz und stellte den Mechanismus der im Eis verankerten Maschine an. Sie imitierte täuschend ähnlich verschiedene Vogelstimmen.

Den Dezember hindurch saßen sie jeden Abend zu dritt im Wohnzimmer, in der Mitte des runden Eichentischs stand die Petroleumlampe, die Schröter aber nicht mit Petroleum, sondern mit dem teureren Pottwalöl füllte, weil es ein wärmeres, goldgelbes Licht gab. Hin und wieder stand Schröter auf und warf ein paar Buchenscheite in den Kachelofen, die zögernd knackend brannten und das Zimmer verräucherten, weil der Kamin nicht richtig zog. Hinzu kam der Qualm von Schröter und Gützkow. Gützkow war Raucher dickster fränkischer Zigarren, und Schröter, der erst in diesem Winter das Rauchen angefangen hatte, hielt sich an seiner Pfeife fest. Er hatte nämlich eines Tages in einem Velociped-Fachblatt aus England die Abbildung einer Pfeife gesehen, die ihn sofort überzeugte und von der er sich dann auch geduldig die ersten drei Tage die Zunge gerben ließ. Die Pfeife – Schröter bekam sie Anfang Dezember per Post – war von einer englischen Firma eigens für Fahrradfahrer entwickelt worden. Eine jener kurzen Hängepfeifen, die aussehen, als sei der Stiel durch die Hitze weich geworden und habe sich unter dem Gewicht des Pfeifenkopfes nach unten durchgebogen. Die Pfeife war aus bestem Bruyèreholz und trug auf dem Pfeifenkopf einen Silberdeckel, auf dem als Miniatur etwas angebracht war, was man sonst riesengroß auf Schiffen findet, eine Windhutze. So war die Glut in der Pfeife vor Regen geschützt und konnte je nach Bedarf stärker ventiliert werden, indem man die silberne Windhutze in Richtung des Fahrtwindes drehte.

In diesem dicken blauen Qualm ist dann wohl auch der Begriff der Cyclisation aufgetaucht, dessen sprachliche Herkunft auf den anglophilen Franz Schröter deutet. Auf einem Blatt findet man beide Handschriften. Zunächst in Sütterlin: Das Fahrrad: Der Aufbruch in eine neue Epoche. Die Stadt kommt ins Dorf, das Dorf kommt in die Stadt, die Trennung hört auf, Stadt und Dorf verschmelzen mehr und mehr. Darunter steht in der lateinischen Schrift Schröters: Cyclisation: Die Ära des Fahrrads, das ist die neue Zeit mit einer reicheren, weiteren, beweglicheren Zivilisation, ein Zurück zur Natur, das doch alle Vorteile der Kultur mitnimmt. Sie müssen sich damals gegenseitig in eine schwelgerische Begeisterung hineingeredet haben, und es ist höchst bedauerlich, daß dieses grundlegende Buch über die Fahrradästhetik und die Cyclisation nicht geschrieben worden ist, denn aus den Notizen und Fragmenten kann man nur erahnen, zu welchem gewaltigen Gebäude sie hätten aufgeschichtet werden sollen.

Das Buch blieb nicht etwa darum ungeschrieben, weil Schröter und Gützkow sich nicht darüber einigen konnten, ob der Sinn des Rads mehr in seinem Nutzen oder mehr in einer zweckfreien Ästhetik zu suchen sei. Zu solchen ideologischen Verstimmungen konnte es gar nicht erst kommen, weil es keine systematisierende Gliederung gab. Das Ende dieser Arbeit kam abrupt und von außen – durch das Hochrad.

Die Silvesternacht hatte Gützkow zu Hause bei Schröters gefeiert. Gützkow war auf dem Rad gekommen, um später, wie er sagte, ins neue Jahr zu radeln. Anna hatte einen Karpfen gekocht, blau, und es gab einen Schwedenpunsch, denn die Nacht war, wie auch die vorangegangene, so eisig, daß die Vögel tot aus der Luft fielen. Schröter wußte, daß gleich nach Neujahr die Laufkundschaft kommen würde, die er dann abwimmeln mußte.

Eine viertel Stunde vor Mitternacht waren sie zu dritt, Anna in der Mitte, von den Männern eingehakt, in den Schloßpark gegangen. Die englische Gotik imitierende Schloßfassade leuchtete in einem bengalischen Feuer gelb und blau, und der regierende Herzog schoß eigenhändig Raketen in den grauen Nachthimmel, aus dem Eiskristalle wehten. Anna, Schröter und Gützkow standen, die Köpfe im Nacken, und sahen den Goldregen vom Himmel fallen. Dann, die Glocken aller Kirchen läuteten, riefen sie: Prost Neujahr, und nahmen einen Schluck aus der silbernen Taschenflasche Schröters, und riefen: All Heil, den Radfahrergruß, ins neue Jahr, denn sie waren überzeugt, daß es das Jahr des Fahrrads würde: All Heil! Aber das klang wegen der fehlenden Endvokale recht klanglos und dumpf.

Sie gingen, wieder eingehakt, zurück zum Schröterschen Haus, wo Gützkow sein Fahrrad angeschlossen hatte, nicht aus Angst vor einem Diebstahl, sondern vor einem Streich.

Gützkow war trotz oder vielleicht wegen der Bitte Annas, bei diesem Wetter und in diesem Zustand besser nicht zu fahren, aufgestiegen und All Heil rufend und etwas wackelig losgefahren und um die Ecke gebogen, da hörten sie das Scheppern und einen Schrei.

Gützkow war auf einer Eisplatte ausgerutscht und gestürzt. Der rechte Arm war gebrochen, eben jener, den er sich schon im Sommer beim Sprung über das Pferd in der Turnhalle gebrochen hatte.

Eine Woche nach dem Neujahrssturz begleiteten Anna und Schröter ihren Freund Gützkow zum Bahnhof.

Gützkow war wegen mutwilliger Zerstörung seiner Dienstfähigkeit fristlos aus dem Schuldienst entlassen worden. Tatsächlich aber wohl wegen seiner Mitgliedschaft im Arbeitergesangverein *Eintracht,* von dem ein Polizeispäher zu berichten wußte, es werde auf den Chorproben weit mehr geredet als gesungen.

Gützkow hatte sein Hochrad Schröter zum Verkauf in Kommission gegeben, und der hatte ihm das Geld vorgeschossen. Gützkow brauchte das Geld nicht nur für die Eisenbahnfahrkarte nach Bremen, wo er sich eine Anstellung als Lehrer erhoffte, sondern, falls das nicht eintreffen sollte, für eine Schiffspassage in die Neue Welt.

Als Gützkow mit Schröter und Anna auf den Bahnsteig kam, den rechten eingegipsten Arm in einer rotweißen Tuchschlinge, stand dort schon der Arbeitergesangverein und sang unter der Leitung von Heinemann: *Brüder zur Sonne, zur Freiheit.*

Der Bahnhofsvorsteher kam in Begleitung eines Gendarmen gelaufen und verbot jede politische Demonstration auf dem Perron. Der Chor verstummte. Dafür begann die Dampflok in bestimmten Abständen mit einem schönen weißen Schweif zu pfeifen, so lange und ausdauernd, wie noch nie eine Lokomotive auf diesem Bahnhof gepfiffen hatte, Signale, irgendeine Melodie sollte das wohl sein, aber niemand konnte erkennen welche.

Gützkow umarmte seine Sangesgenossen und danach Anna und Schröter. Alle weinten ein wenig. Dann stieg Gützkow in den Waggon. Der Bahnhofsvorsteher hob die Signalkelle und blies energisch in seine Trillerpfeife. Die Lok zischte, Ventile klappten, die großen Schwungräder drehten ein wenig durch, bis sie auf den Schienen griffen und der Zug anruckte. Gützkow stand im Abteil und riß an dem Lederriemen, mit dem man das Fenster anheben und dann herunterlassen konnte. So fuhr er aus der Stadt: an dem Abteilfenster rüttelnd und zerrend, während Anna und Schröter noch ein Stück winkend neben dem Waggon hergingen und der Arbeiterchor *Eintracht* laut und schmerzhaft falsch sang: *Muß i denn, muß i denn zum Städtele hinaus …*

12

Und dann kam der Frühling: Büsche und Bäume stellten sich in einem durchsichtigen Grün zur Schau, Vögel begannen unter ihrem gnadenlosen Paarungstrieb zu läuten, zu zwitschern, zu piepen und zu schlagen, Paletots und Pelzmäntel wanderten eingemottet in die Schränke, Kleider und Anzüge erschienen auf der Straße, die ersten Paare gingen anlehnungsbedürftig spazieren, und Schröter hob an einem Märzsonntag sein Rad aus der Haustür, geputzt und satt geölt glänzte es in der Morgensonne. Erstmals seit Monaten schob er sein Rad, begleitet von Anna, die Judengasse hinunter, stieg dann am Sonntagsanger auf, wackelte ein-, zweimal bedrohlich auf seiner Maschine, fuhr dann aber zielstrebig und nur einmal zurückwinkend aus der Stadt hinaus, Richtung Callenberg.

Also mußte man das Radfahren nicht jedes Jahr neu lernen, wie Anna befürchtet hatte. Gern wäre sie auf dem Kommissionsrad von Gützkow mitgefahren, aber das hatte ihr der Doktor Schilling streng verboten, da sie, wie er das nannte, guter Hoffnung war. Sie schrieb damals ihrer Schwester, meiner Großmutter, nach Hamburg, daß man durchs Kinderkriegen als Frau doch ziemlich angebunden sei. Vielleicht hat sie diesen Brief an eben diesem ersten Frühlingssonntag zu Hause geschrieben, während ihr Franz ins Freie hinausradelte. In dem Brief ist außer einem Rezept für Quittengelee nur die Rede von Gützkow, der von Bremen nach New York gefahren war und in einem Brief aus St. Louis, wo er eine Anstellung als Lehrer bei einer deutschen Gemeinde gefunden hatte, von radfahrenden Frauen schrieb. Daneben steht, in Annas sonst klagenlosem Brief, dieser Satz: Als Frau ist man doch allein durchs Kinderkriegen ziemlich angebunden.

Aber auch Schröter sollte an diesem Tag nicht ins Freie kommen, wie er es sich vorgenommen hatte, denn kurz hinter dem Bahnhof kam ihm der Sohn von E. und E. Schmidt auf seinem Niederrad mit einem schmetternden All Heil entgegen. Schröter, zunächst sprachlos, konnte es dann doch nicht lassen, er wendete und fuhr hinter diesem ganz in Erbsenbraun gekleideten Gecken her, der darüber hinaus noch einen dieser neumodischen Strohhüte trug, eine Kreissäge. Schröter zog sich die Kappe in die Stirn und trat kräftiger in die Pedale, was der erbsenbraune Schnösel vor ihm bemerkte und jetzt ebenfalls schneller trat. Schröter, der ja ein geschultes Auge für Bewegungen hatte, entdeckte natürlich sofort dieses geradezu lächerliche Auf- und Ab- und Hin- und Herwippen des weit nach vorn liegenden Oberkörpers eines Niederradfahrers. Wie ein Hampelmann fuhr der junge Schmidt, während Schröter schon aufgeholt hatte, ohne dabei auch nur das geringste Zugeständnis an seinen Fahrstil zu machen, er fuhr also aufgerichtet mit einem fast bewegungslosen Oberkörper. So braußten sie die Bahnhofsstraße entlang, bogen in die Heiligkreuzstraße, rasten, die Sturmglocken ziehend, durch den Steinweg, wo verängstigte Sonntagsspaziergänger auf die Bürgersteige sprangen. Schröter war schon fast gleichauf, als der junge Schmidt am Spitaltor plötzlich abbremste, ein Bein auf den Boden stellte und das andere Bein über den Sattel hob, einem Hund ähnlich, der vor einem Baum sein Bein hebt. Da zeigte Schröter den staunenden Coburgern den Absprung über die Lenkstange, diesen artistischen Sprung, gegen den selbst der Absprung vom Pferd etwas Biederes hat, weil das Tier ja, auch wenn es tänzelt, immer noch auf vier Beinen steht, das Rad aber, hält es einmal an, schon zum Kippen neigt. Schröter griff in eine seiner zahlreichen Jackentaschen und zog seine Radfahrerpfeife heraus, stopfte sie mit dem Tabak, dessen Dose er aus einer anderen Tasche zog, und rauchte sie an, wobei auch die Streichhölzer ihre eigene Tasche hatten. Es war, als habe er diese Jacke eigens für seine Rauchutensilien entworfen. Er klappte den Deckel der Pfeife zu und drehte die silberne Windhutze in Fahrtrichtung, sprang aufs Rad und fuhr langsam, eine kleine Rauchfahne hinter sich herziehend, davon.

Noch am selben Sonntagabend brach in der Stadt ein neuer Streit aus, in dem es nicht mehr darum ging, ob das Fahrrad gut oder schlecht sei, das war nur noch ein Problem für Schuhmacher, Droschkenkutscher und einige eigenbrötlerische Fußgänger, vielmehr ging der Streit jetzt darum, ob das hohe oder das niedere Rad besser sei. Nach zwei Tagen erfaßte dieser Streit mit einer ganz ungewöhnlichen Heftigkeit auch die Gesellschaft zur Förderung des Radfahrens, die erst an diesem Dienstagabend durch eine informelle Einladung Schröters aus ihrem Winterschlaf geweckt worden war.

Der Verein, der noch keine Statuten hatte, spaltete sich noch am selben Abend in einen Verein zur Förderung des Hochradfahrens und einen Verein zur Förderung des Niederradfahrens. Vorangegangen war eine erregte und zerfahrene Diskussion über die Vor- und Nachteile dieser beiden Radtypen, wobei es auch zu persönlichen Beleidigungen und Unterstellungen kam, insbesondere zwischen Schröter und E. und E. Schmidt, die zur Überraschung Schröters uneingeladen erschienen waren. Die Fronten brachen schnell auf.

War das Niederrad nun tatsächlich die Watschelmaschine für Alte und Gebrechliche, wie Schröter behauptete, oder war es das einfache und darum schöne Rad, wie es die Zwillinge E. und E. Schmidt, dem Werbespruch der Firma Adler folgend, vortrugen, wobei die beiden gegenüber Schröter den Vorteil hatten, doppelt so viel sprechen zu können. War das Hochrad die Nußknackermaschine, wie E. und E. Schmidt behaupteten, oder war es die elegante, hochartistische Maschine der inneren Balance, in der Mut und Schönheit zueinanderkamen?

Nun war es aber durchaus nicht so, daß die Hochradfahrer, die, nach der Spaltung zwar in der Minderheit, dennoch den Saal behaupten konnten, als konservativ angesehen wurden, was man vermuten könnte, da sie ja auf den als veraltet angesehenen Modellen sitzen blieben. Im Gegenteil, bei der Spaltung wurde ihnen Jakobinertum, elitärer Snobismus und sogar Anarchismus vorgeworfen, was man in einem Protokoll nachlesen kann, das ein Bankangestellter – leider nur stichwortartig – geführt hat. Jakobinertum und Anarchismus waren die gegen Schröter gerichteten Vorwürfe, die aus den bulligen Mäulern der eineiigen Zwillinge E. und E. Schmidt kamen. Sie warfen Schröter vor, mit dieser Maschine umstürzlerische Absichten zu verfolgen. Damit meinten sie nicht die gefährliche Fallhöhe des Hochrads, sondern die Geisteshaltung der Fahrer. Als Beispiel nannten sie Gützkow, der wegen dubioser Umtriebe aus dem Schuldienst entfernt worden war, und das Auftreten Annas in der Orloffschen Versammlung.

Zum endgültigen Bruch und fast zu Tätlichkeiten aber kam es über ein scheinbar läppisches Detail, über die Frage, ob Frauen als Mitglieder des Vereins – der sich noch immer nicht konstituiert hatte – in der Öffentlichkeit sich im syrischen Unterkleid zeigen dürften. Man hatte gerade mit einer Mehrheit von einer Stimme beschlossen, daß auch Frauen Mitglieder, wenn auch nicht Vollmitglieder der Gesellschaft zur Förderung des Radfahrens werden könnten, wobei Schröter und die Zwillinge E. und E. Schmidt gemeinsam mit Ja gestimmt hatten. Niemand konnte später sagen, wer die Frage nach dem syrischen Unterkleid in die Debatte geworfen hatte, auf jeden Fall schieden sich darüber sofort die Geister. Postsekretär Krüger rief: Unzucht, und die Zwillinge E. und E. Schmidt betonten: das Hochrad sei eine Maschine, deren Bauart notwendigerweise die Frau in unzüchtiger Weise zur Schau stelle. Es sei denn, die Frau wolle sich selbst zur Schau stellen.

Das war selbstverständlich ganz eindeutig gegen Anna gerichtet, und entsprechend heftig sind die im Protokoll festgehaltenen Worte Schröters. Worte, die dem damaligen Verständnis auch aufgeklärter Männer weit vorauseilten, hinter die aber auch Schröter schon nach wenigen Monaten wieder zurückfallen sollte, Worte wie diese: Was der Spießer für züchtig hält, ist die Züchtigung der Frau.

Nach dem daraufhin ausbrechenden Tumult, den der Bankangestellte dürr und verknappt zwischen zwei Klammern erwähnt, kam der nächste Satz: Die Mädchen werden nicht für das Leben ausgebildet, sondern auf den Mann dressiert.

Was muß in Onkel Franz vorgegangen sein? Hatte er, der nur wenig trank, zuviel getrunken? Was war ihm zu Kopf gestiegen? Wie kamen solche Sätze plötzlich über seine Lippen, zumal er so etwas sechzig Jahre lang nie wieder sagen sollte?

Ein Grund liegt vermutlich darin, daß Schröter, empört über die gegen Anna gerichteten Beleidigungen, die vor allem auch ihn treffen sollten, den Spieß umdrehte und gegen Annas Beleidiger wendete, die Negation der Negation betrieb – so entstand seine ihn vielleicht selbst überraschende Position, eine Einsicht, die ihn wie eine von ihm losgetretene Lawine mitriß. Die Reaktion darauf steht im Protokoll: (Tumult) Herr E. Schmidt: Anarchie! (Tumult) Postsekretär Krüger: Urwald! (Tumult) Herr E. Schmidt: Gehirnerweichung! (Tumult). Die Mehrzahl der im Saal Versammelten verläßt unter dem Vorantritt des Herrn Postsekretärs Krüger den Versammlungssaal, nachdem sich Präparator Schröter geweigert hat, den von ihm bestellten Saal zu räumen.

Aber auch nicht alle Hochradfahrer blieben. Drei verließen den Saal mit dem Vorwurf, Schröter mißbrauche das Hochrad für frauenrechtliche Propaganda. Der Gesellschaft zur Förderung des Hochradfahrens blieben nur fünf Mitglieder, dessen prominentestes der Heldentenor am Hoftheater war. Der Dachdecker Heinemann, der sich überraschenderweise an der ganzen Debatte und an der daran anschließenden Pöbelei nicht beteiligt hatte, kam, begleitet von dem jungen, ewig müden Ziegeleiarbeiter zu Schröter, nachdem die Niederradfahrer in einen Nebenraum umgezogen waren.

Heinemann sagte, Schröter habe gut gesprochen, obwohl er das mit der Züchtigung der Frau für etwas übertrieben halte. Dennoch, vieles habe ihm eingeleuchtet. Er machte eine Pause, sah Schröter aus seinen nachtsichtigen blauen Augen an und sagte: Er habe sich mit seinem Kollegen besprochen, sie wollten sich dem Verein der Niederradfahrer anschließen.

Schröter konnte seine Enttäuschung nicht verbergen, denn er hatte sich gerade von diesen beiden Unterstützung erhofft, vor allem von dem jungen Ziegeleiarbeiter, dem er schließlich doch noch das sanfte Aufsteigen beigebracht hatte und der dann auf eine kraftvoll ruhige

Weise Rad fuhr, wobei lediglich sein ständiges Gähnen den Anblick etwas störte, ja, Schröter hatte, als er von der Schönheit und dem Mut beim Hochradfahren sprach, nicht nur Anna, sondern auch diesen kräftigen, durchtrainierten jungen Mann vor Augen. Darum fragte er auch gleich zweimal: Aber warum denn?

Der Grund sei kein persönlicher, sagte Heinemann, sie beide schätzten Schröter sehr, der Grund sei ein praktischer. Er verstehe schon, glaube er, was Schröter mit der inneren Eleganz und dem Mut und so meine, das sei alles schön und gut, aber für sie sei das Wichtige, möglichst schnell hin zur Arbeit und wieder zurück nach Hause zu kommen. Und dann natürlich auch der Preis. Das Hochrad sei unerschwinglich. Das Niederrad sei ja schon billiger und solle noch billiger werden. Jaaa, sagte er dann, gab Schröter die Hand. Auch der Ziegeleiarbeiter drückte Schröter die Hand, sagte: Das Instabile wird stabil nur durch Bewegung, und sagte: Danke. Die beiden gingen in den Nebenraum zu den Niederradfahrern. Allein der Redakteur Hofmann schaffte es, in beiden Vereinen Mitglied zu werden. Und von ihm stammt erwiesenermaßen auch die Idee der Wettfahrt. Hofmann schrieb in einem Artikel: Die Frage, die so viele unter uns bewegt, ob nun das Hochrad oder das Niederrad, auch Rover oder Safety genannt, das bessere Zweirad sei, kann durch eine Debatte allein niemals geklärt werden. Hierzu ist nur ein praktischer Vergleich in der Lage. Darum sollten die Befürworter des jeweiligen Radtypus sich einer Wettfahrt stellen, zumal sich die Herren Schröter und Schmidt junior ihrer Maschinen sowieso zu längeren Spazierfahrten bedienen.

Onkel Franz akzeptierte sofort und ging, glaube ich,

damit in eine Falle. Denn er hatte ja bislang bei den Vorzügen des Hochrads nie dessen Schnelligkeit gelobt, und von Zeitersparnis ist in keiner seiner Aufzeichnungen die Rede. Daran war er offenbar am wenigsten interessiert. Vermutlich reagierte er ganz spontan und aus Lust an einer Wettfahrt. Auch muß er überzeugt gewesen sein, diese Wettfahrt zu gewinnen, denn er hätte sich zu diesem Zeitpunkt noch leicht herausreden können. Er war sich seiner Sache sicher und freute sich auf das Rennen. Es war ja die Zeit, in der so viele ungleiche Partner zu Wettrennen gegeneinander antraten: Dampfer gegen Segelschiffe, Kutschen gegen Eisenbahnen, Reiter gegen Fahrradfahrer und schließlich Läufer gegen die Zeit. Es war, als würde bei diesen Wettrennen jeweils die alte gegen die neue Zeit antreten. Und jedesmal ging es allein darum, etwas ganz und gar Unsichtbares, Abstraktes zu gewinnen, etwas mehr Zeit. Was sollte man mit der gewonnenen Zeit anfangen? Woher kam überhaupt die Zeit? Und woran wurde sie gemessen, wenn nicht am Tod? Denn die Einteilung nach Jahren, Monaten, Wochen, Tagen, Stunden, Minuten war ja nicht ihr Maß, sondern sie wurde nur daran gemessen. Es begann ein Wettlauf um die Zeit, in den Fabriken, auf den Landstraßen, Ozeanen und in den Velodromen, um die berechenbare Zeit, eine Zeit in Minuten, Sekunden, in zehntel, hundertstel, tausendstel Sekunden, eine Zeit, die je kleiner, desto zeitloser wurde, weil sie um ihr Maß gekommen war. Und auch Onkel Schröter hat dazu sein Teil beigetragen. Das erste Radrennen in der Geschichte der Stadt: Franz Schröter auf dem Hochrad gegen Schmidt junior auf dem Niederrad.

Jedem war klar, daß bei diesem Rennen nicht nur zwei verschiedene Radtypen gegeneinander antraten, sondern daß sich dahinter zwei unterschiedliche Motive, Charaktere, Temperamente verbargen, die wiederum eine Anhängerschaft anzogen, der all die technischen Details, die Kraftübertragung durch Ketten, die tangentiale Tretkraft, die innere Reibung der Radlager, nichts sagten, und dennoch verfolgten diese Leute mit der Energie ihrer geheimsten Wünsche die Vorbereitungen ihres Favoriten und die seines Gegners und fieberten dem Tag der Entscheidung entgegen. Eines Abends kam der Dachdecker Heinemann, der sich ja, obwohl nicht Besitzer eines Fahrrads, für das Niederrad entschieden hatte, zu Schröter ins Haus und bot ihm für Regentage die Halle des Arbeiterturnvereins zum Training an. Die Fronten verliefen also abermals in einem unüberschaubaren Zickzack durch alle Parteien, Vereine und Familien. Der Redakteur Hofmann hielt die beiden feindlichen Lager durch seine Artikel über die Vorbereitungen der beiden Gegner auf dem laufenden und heizte die Diskussion durch Sottisen und Indiskretionen an. So legte er beispielsweise in einem Bericht Schröter das Wort Niederradfahrer mit der abfälligen Bedeutung von dümmlich in den Mund, ein Ausdruck, der sich noch über Jahre in Coburg – und nur dort – halten sollte, etwas mundgerecht gemodelt: Des is a Nierrodfohrer.

Die Erbitterung all jener, die gerade ein Niederrad bestellt hatten, war natürlich groß. Aber neben solchen Stimmungsberichten beschreibt Hofmann auch die Vorbereitungen auf diese Wettfahrt und gibt uns damit einen aufschlußreichen Einblick in den Stand der damaligen Trainingsmethode, die Schröter offenbar einer englischen Rennrad-Zeitschrift entnommen hatte: Er steht um 7 Uhr auf, läuft dann eine halbe Stunde durch den Hofpark, reibt sich zu Hause mit kaltem Wasser ab (ein Bad wurde erst jetzt, vor drei Jahren, von meinem Schwippschwager Richard eingebaut), er läßt sich kräftig von seiner Frau Anna bürsten, trinkt zum Frühstück ein Glas des selbst eingekochten Holunderbeersaftes, ißt ein gekochtes Ei, einige Scheiben Schwarzbrot, etwas Butter und Marmelade, dazu schwarzen Tee, sodann plastiziert er in seiner Werkstatt bis 1 Uhr, danach ein kräftiges Mittagessen mit Fleisch und Gemüse, ein zehnminütiges langsames Auf- und Abgehen im Hof, eine Stunde Mittagsschlaf, von 3 bis 7 Uhr Arbeit in der Werkstatt, sodann fährt Schröter bis zum Anbruch der Dunkelheit auf dem Rad und schließt den Tag mit einem 500 Meter langen Einbeinspringen ab.

Von Schmidt junior berichtet Hofmann, daß er wie gewöhnlich seine täglichen Ausfahrten mache, und die Zwillinge E. und E. Schmidt werden zitiert, die sagen, das Rover sei eine schnelle Maschine und daher jede zusätzliche Trainingsarbeit überflüssig. Hingegen sei das Hochrad, wie man schon jetzt in England und Amerika sehen könne, eine im Aussterben begriffene Maschine. Dennoch standen die Wetten 1 : 4 für Schröter. Wahrscheinlich lag das einfach daran, daß Schröter seriöser wirkte und daß man ihn bei Regen wie Sonne hüpfen, laufen, springen und radfahren sah, während der junge Schmidt gemächlich auf seinem Safety durch die Straßen streifte und nur dann beschleunigte, wenn ihm ein paar Mädchen entgegenkamen, die sich kichernd aneinander festklammerten. Vielleicht ging aber auch von diesem Vorderrad etwas Suggestives aus: ein Sinnbild der Schnelligkeit.

Zwei Physikprofessoren von den örtlichen Gymnasien befehdeten sich öffentlich in Zeitungszuschriften, welches

Rad physikalisch belegbar die größere Geschwindigkeit erbringen würde. Einig waren sie sich nur in einem Punkt, daß das Fahrrad, egal, ob hoch oder niedrig, einen hohen Wirkungsgrad habe. Das ist in den vergangenen Jahren tatsächlich bestätigt und präzisiert worden. So muß beispielsweise eine Maus, um einen Kilometer zurückzulegen, pro Gramm ihres Eigengewichts eine Energie von mindestens 160, die etruskische Hausmaus sogar 380 Joule aufbringen, wobei ein Joule rund 0,24 Kalorien entspricht. Schmeißfliegen und Ratten benötigen für dieselbe Strecke 60 Joule, Hasen und Hubschrauber 15, Hunde und Passagierflugzeuge 6, Kühe und Autos 3,3, Fußgänger und Pferde 3, der Lachs, ein äußerst ökonomisches Tier, 1,7, und an der Spitze der Wirtschaftlichkeit steht allein und unangefochten mit nur 0,6 Joule der Radfahrer.

So ist Schröters Ahnung inzwischen mathematisch bewiesen: daß die Schönheit des Radfahrers auf seiner einzigartigen Mühelosigkeit beruhe: still und bewegt. An einem sonnigen, aber kühlen Sonntagnachmittag im April, gleich nach dem Gottesdienst, standen Schröter und Schmidt junior, ohne ein Wort zuvor gewechselt zu haben, an der Startlinie, die man mit Talkumpuder auf dem Schloßplatz gezogen hatte, damit auch der Herzog von seinem Fenster aus das Spektakel verfolgen konnte. Eine auf Pappe aufgeklebte Photographie zeigt Onkel Franz und Schmidt junior kurz vor dem Start. Franz Schröter trägt ein langärmeliges Trikot in dunkler Farbe mit einem weißen Querstreifen über der Brust, dunkle Kniehosen, die seitlich mit Schnallen über den langen Strümpfen geschlossen werden. An den Füßen seine englischen Radfahrerschuhe. Er steht da, sachlich, entspannt und doch beherrscht – schon wegen der Kamera –, aber ohne jede Pose. Das hohe Rad hält er mit der Linken, deutlich sieht man den kuhhornförmigen Lenker. Hinter ihm steht Schmidt junior, dem ein Mittelscheitel das dichte blonde Haar zerteilt, mit einem noch fusseligen Oberlippenbart. Er hat ein kleines freches Grinsen im Gesicht. Auch er trägt ein Trikot, hell mit einem dunklen Querstreifen, Hosen bis über die Waden, seitlich geknöpft, darunter Strümpfe, Leinenschuhe mit Lederkappen. Er steht hinter seinem Niederrad, dem Rover, das, sieht man einmal von dem bombastischen Stahlfedersattel ab, den heutigen Herrenrädern ähnelt. Im Hintergrund sieht man dichtgedrängt die Neugierigen: breitkrempige Damenhüte, Boas, Stolen und Capes, es war ja kühl, Anzüge, gesteifte runde Hüte, auch Melonen oder Eierkocher genannt, ein, zwei Uniformen. Die Aufnahme war, wie schon gesagt, kurz vor dem Start gemacht worden. Man hatte sich wohl zu Recht gesagt, daß man die beiden nach dem Rennen nicht mehr so leicht und auch nicht mehr so adrett zusammenbringen würde.

Der Startschuß wurde von einem Secondeleutnant abgegeben, der dafür extra die Genehmigung des Bataillonskommandeurs bekommen hatte.

Sie starteten aus dem Stand. Schmidt junior setzte sich auf sein Rad und fuhr los. Schröter nahm einen langen Anlauf und stieg dann in den Sattel hoch. Da war Schmidt junior schon gute zwanzig Meter voraus und verschwand in der Grafengasse. Schröter war leicht über die Lenkstange gebeugt, als er mit flatterndem Schwanzrad um die Ecke bog.

Auf dem Platz drängten sich die Sensationslustigen, die in wilden Vermutungen schwelgten. Lag Schröter am Boden? Hatte der junge Schmidt den ersten Wadenkrampf?

Es wurde geredet und gelacht. Man ging auf und ab, begrüßte oder übersah bekannte Gesichter. Aus den Bratwurstbuden rauchte es. Zuckerwerk wurde gelutscht und Liebesäpfel geschleckt. Ein italienischer Eismann war in der Stadt aufgetaucht und bot jetzt sein Eis aus einem kleinen, mit einer rotweißen Marquise überdachten Pferdewagen an. So war an diesem Tag nicht nur das erste Radrennen in die Stadt gekommen, sondern auch ein neuer, bisher unbekannter Geschmack, der des Pistazieneises. Man hatte sich eine gute Stunde unterhalten, die letzten Wetten wurden abgeschlossen, die aus unerklärlichen Gründen jetzt sogar 1 : 14 für Schröter standen, als eine Bewegung durch die Menge ging, jemand hatte auf der Leopoldstraße etwas blitzen sehen. Werissesderschmidtissesderschröteroderwer? Man lief hin und her, um besser in die mit Bäumen bestandene, abfallende Straße sehen zu können. Da tauchte der Fahrer auf. Es war Schröter. Weit nach hinten zurückgelehnt, fuhr er, nein, ritt er sein Rad die steile Straße hinunter, nahm eine kühne Rechtskurve und raste unter den Hurra-Rufen seiner Anhänger über die Ziellinie.

Es dauerte einige Zeit, bis endlich auch Schmidt junior erschien, ein idiotisch hin und her nickender, sabbernder, verschwitzt keuchender Schmidt, der, nachdem er die Ziellinie verfehlt hatte, auch noch in eine Gruppe begeisterter Schröter-Anhänger hineinfuhr, woraufhin es fast zur Gewaltanwendung gegen Rad und Fahrer kam, weil man ihm eine Absicht unterstellte, wo in Wirklichkeit eine Absence war. Er hatte sich völlig verausgabt und tappte, nachdem man ihn vom Rad gehoben hatte, wie irre hin und her, bis ihn Vater und Onkel unterfaßten und vom Platz führten.

Schröter, von Redakteur Hofmann befragt, sagte: Gesiegt habe nicht er, sondern das Hochrad. Jetzt sei erwiesen, das Niederrad sei etwas für ältere Menschen und Kinder. Er sagte ausdrücklich nicht: für Frauen. Nur das Hochradfahren sei wahre hohe Radfahrkunst. Sie erfordere beides: Mut und Stil.

13

Der Sieg Schröters schien das Vordringen des Niederrads wenigstens in der Stadt Coburg noch einmal aufgehalten zu haben. Schröter verkaufte in der Woche nach seinem glorreichen Sieg drei Hochräder und, stark verbilligt, das gebrauchte, aber wie neu aussehende Rad Gützkows. Dann stockte abermals der Absatz. Aber auch E. und E. Schmidt wurden, wie Schröter aus dritter Hand erfuhr, ihre Niederräder nicht los. Interessenten, die es in großer Zahl gab, kamen zuweilen am selben Tag dreimal zu Schröter und dreimal zu E. und E. Schmidt, standen im Laden herum, ließen sich alle Einzelheiten der Räder erklären, befingerten die lackierten Metallrahmen, schlugen die verschiedenen Fahrradglocken an und konnten und konnten sich einfach nicht entscheiden.

Schröters Sieg war zwar überzeugend ausgefallen, aber wenn man dann selbst vor so einem hohen Rad stand, wurde man von eben dieser Höhe abgeschreckt, die doch Eleganz und Geschwindigkeit versprach. Es fehlte ein letzter, alles entscheidender Anstoß, eine Person mit Vorbildcharakter, zum Beispiel der Herzog, der ja leider zu alt war. Oder ein Pastor. Aber die evangelischen Pastoren standen, nach dem Ausscheiden von Pastor Dahs, dem Radfahren durchweg ablehnend gegenüber. So erhoffte sich Schröter einen endgültigen Durchbruch des Hochrades von seiner Berufung zum Fahrradlehrer an den Herzoghof. Würde erst einmal irgendein Prinz – wobei ein Erbprinz vom regierenden Herzogpaar nicht mehr zu erwarten war – auf dem Hochrad durch die Straßen fahren, wären auch die dicksten Beulen an den Köpfen seiner Nachahmer keine Abschreckung mehr.

Denn stärker als der Selbsterhaltungsinstinkt war der vaterländisch-monarchistische Nachahmungstrieb. Darum wurde die Liste, die Schröter auf Geheiß des Kastellans zur Anschaffung eines herzoglichen Fahrradparks erstellte, zu einer kleinen Denkschrift für das Hochradfahren, das, so schreibt Schröter, wie der Name schon verrate, etwas Hochherrschaftliches habe, und so sei auch die Haltung des Fahrers eine hochgemute. Es ist schon erstaunlich und ein wenig peinlich, wie Schröter sogar die Art des Besteigens eines Hochrads monarchistisch interpretiert. Zum Schluß empfiehlt er für den Ankauf der vorgegebenen 15 Räder vier Sociable oder Gesellschaftsräder, darunter ein Centaur-Four-in-Hand, das eine Dame, beispielsweise die Herzogin, mit einer Hand lenken konnte, neben ihr, ebenfalls kleine Pedale tretend, fand noch eine Gesellschafterin Platz – sicherlich hatte Schröter dabei an Fräulein von Götze gedacht –, während hinter ihnen zwei erhöht sitzende Herren (das konnten auch Lakaien sein) das Gefährt tretend vorantrieben. Aber allein die steuernde Dame bestimmte die Richtung dieses Gesellschaftsrades. Schröter nahm in seine Liste sodann zehn Hochräder und nur ein Niederrad auf, letzteres war, wie er ausdrücklich schrieb, für ältere Herrschaften gedacht.

Er vermied es, bei den Hochrädern den Namen der Firma Bayliss, Thomas & Co, die er vertrat, zu nennen, verwies aber auf die Qualität der englischen Räder und betonte, daß die englischen Fabriken den deutschen an Erfahrung und Erprobung weit voraus seien. Er konnte bei den engen dynastischen Verbindungen der englischen und Coburger Fürstenhäuser ganz unbedenklich die englische Fabrikation loben. Dabei schwelgte er in der Vorstellung, wie er die noch im Lager stehenden acht Räder auf einen Schwung dem Hof liefern könne, was ihm sicherlich auch den begehrten Titel eines Hoflieferanten bringen würde.

Eines Nachmittags kam Anna in die Werkstatt gestürzt, das Haar aufgelöst, und erzählte Schröter atemlos, sie habe eine Frau auf einem Rad gesehen, die Frau des neu zugezogenen Advokaten Stamm. Die fuhr die Ketschengasse hinunter.

In Pumphosen, wollte Schröter wissen.

Nee, die saß auf son lütjes Rad, ohne Mittelstange, ein Damenrad.

Schröter beugte sich wieder über einen Baummarder, den er gerade einen Ast hinaufsteigen ließ. Er konnte oder wollte nicht verstehen, was Anna an der radfahrenden Frau Stamm so aufregend fand. Stell dir vor, sagte sie, ein Rad ohne Mittelstange, ein richtiges Damenrad.

Abends ging Schröter in die Webergasse zu dem Geschäft von E. und E. Schmidt. Deren Grinsen mußte er seit jenem Rennsonntag nicht mehr fürchten. Aber nun zeigten die Neugierigen, die dicht gedrängt vor dem Schaufenster standen, so ein hinterhältiges Grinsen, als er über deren Köpfe hinweg das Rad ansehen wollte. Er sah ein Niederrad, dem tatsächlich die Mittelstange fehlte, und darunter stand ein Schild: Ich bin wie eine Blume. Das Niederrad von Naumann für die Dame ohne Bart.

Nun hatte Anna zu der Zeit nur einen leichten blonden Flaum, mehr spürbar denn sichtbar, und dieser Spruch konnte darauf nicht anspielen. Der Spruch war auf eine ganz abgefeimte allgemeine Weise gegen Anna gerichtet, und nur, weil sie das Hochrad gefahren hatte. Schröter stand und überlegte, ob er in den Laden gehen und den Zwillingen sagen sollte: Laßt meine Frau aus dem Spiel. Aber die hätten dann einfach sagen können, wieso, Ihre Frau hat doch keinen Bart. Schröter ging nach Hause und wünschte sich, daß Anna diesen Spruch nicht lesen möge und daß er ihr auch nicht zu Ohren käme. Würden erst einmal zehn Hochräder vom Hochadel gefahren, dann fielen all diese Gehässigkeiten auf die Zwillinge zurück, und sie würden wieder das tun, was sie zuvor getan hatten, Nähmaschinen verkaufen. Anfang Juni wurde Schröter ins Schloß gerufen. Auf dem Weg dorthin rechnete er sich aus, daß, sollte die herzogliche Verwaltung alle 15 Räder bei ihm bestellen, er eine Hypothek sofort abtragen konnte. Im Schloß wurde er in das Magazin geführt, wo 15 schwere Holzkisten standen. Der Kastellan bat Schröter, die eben aus England eingetroffenen Räder zusammenzubauen. Der Herzog werde sich gnädig erweisen. Schröter stand da und starrte auf die Kisten. Der Kastellan fragte, ob Schröter schlecht sei, ob er ihm einen Krug Wasser bringen lassen solle, ob etwas mit den Kisten nicht in Ordnung sei. Schröter schüttelte den Kopf, nahm das Stemmeisen und begann die Kisten aufzubrechen, daß die Splitter flogen. Er hätte heulen können. Er arbeitete wie ein Berserker. Es waren vier Gesellschaftsräder, zehn Niederräder und ein Hochrad, fabrikneue Räder, verchromt, mit silbernen Glocken, versilberten Stauluftlaternen, handgeschmiedeten verdickten Speichen mit Zierdeckmuttern, es war das Beste vom Besten, und hinzu kam ein fürstlicher Rabatt und die Zollfreiheit. Er überlegte einen Moment, ob er nicht einfach gehen und alles so stehen- und liegenlassen solle, wie es war, die 15 aufgebrochenen Kisten, in denen, säuberlich in Holzwolle verpackt, die Einzelteile der Fahrräder lagen. Er bereute es, sich nicht sofort und mit Nachdruck um die Stelle eines Präparators im Chicagoer Naturkundemuseum beworben zu haben. Und er bereute, diese anbiedernde Denkschrift, die doch nur eine Bestellungsempfehlung war, geschrieben zu haben. War er doch immer davon überzeugt, daß es egal ist, ob ein herzoglicher Hintern oder ein proletarischer auf dem Sattel saß, es kam doch einzig und allein darauf an, wie der saß. Noch immer das Brecheisen in der Hand überlegte er: Ginge er jetzt hier raus, müßte er auch aus der Stadt gehen. Er dachte an die schwangere Anna, er dachte an die Hypotheken und begann, die Räder zusammenzubauen. Er schraubte, drehte und pumpte, denn die Räder waren mit diesen neumodischen Pneus ausgestattet, von denen Schröter bislang nur gelesen hatte. Schröter war klar, daß er, während er die Räder montierte, zugleich seinen Traum von einem Fahrradgroßhandel im Herzogtum Sachsen-Coburg und Gotha demontierte. In den zwei Wochen, in denen er ganztägig damit beschäftigt war, fuhr er das einzige Mal in seinem Leben auf einem Niederrad. Er hatte eben das zehnte und letzte fertig zusammengebaut, da schob er es hinaus in den Schloßhof und setzte sich darauf, denn von aufsteigen zu reden, wäre eine Übertreibung gewesen. Er fuhr ein paar Runden.

Das Fahren war von einer öden Sicherheit, ein plattfüßiger Botengang, dagegen war das Hochradfahren wie eine hochalpine Gratwanderung. Er war enttäuscht, nicht nur, weil es so war, wie er dachte, sondern weil er insgeheim gehofft hatte, er könne etwas mehr Gefallen an dem Rad finden. Er fuhr noch ein paar Achten, fuhr ein Stück die steile Festungsstraße hinauf und dann wieder hinunter, weil er glaubte, die Qualitäten des Rads würden sich erst bei etwas längerem Fahren zeigen. Es war und blieb aber auf eine beleidigende Weise schlicht und plump, allein diese Luftwürste, auf denen man wie auf Pudding fuhr. Onkel Schröter stieg ab, und es war, was er nicht wissen konnte, ein symbolischer Abstieg. Es war nicht nur das Ende seines Traums vom Fahrradgroßhandel, es war auch das Ende des Traums von der Cyclisation, dem sich selbst bewegenden Kunstwerk. Was jetzt auf Schröter wartete, war der Kampf gegen das Niederrad, ein Kampf gegen das Praktische, gegen den gesunden Menschenverstand, war Resignation, war die Wendung ins Wunderliche.

Einige Tage nach seinem Fahrversuch auf dem Safety hatte Schröter ein Gespräch mit dem Prinzenerzieher. Der Prinz sollte das Radfahren erlernen. Schröter empfahl, mit dem Hochrad den Unterricht zu beginnen. Er unterschied zwischen Radfahrern und Fahrradfahrern. Der Radfahrer auf dem Hochrad war Artist, der seine innere Balance gefunden hatte. Der Fahrradfahrer auf dem Safety, der Name sagte schon alles, fuhr wie von allein. Schröter verstieg sich zu einem Vergleich zwischen Hochrad und Segelschiff. Nur auf Segelschiffen könnten angehende Kapitäne und Offiziere die richtige Seefahrt erlernen, später könne, wer wolle, auf einen rußigen Dampfer umsteigen. So auch der Fahrradschüler. Das sei eine Charakterfrage, ob man später vom Hochrad auf das Safety umsteige. Schröter ging sogar so weit, die Bedingung zu stellen, daß er nur dann die Verantwortung als Fahrradlehrer übernehmen wolle, wenn er seinen Unterricht mit dem Hochrad beginnen könne. Der Erzieher willigte ein, da er sich vom Hochradfahren Abhärtung und damit eine Ablenkung des Prinzen vom Onanieren erhoffte, gegen das auch die kalten Sitzbäder nichts hatten ausrichten können. Auch der Satz von der inneren Balance hatte dem Erzieher gefallen. Der Prinz galt als haltlos.

Eine Woche später konnte die Götze von ihrem Fenster aus, das damals noch nicht unter dem Dach lag, unten im Park Schröter sehen, der neben dem Prinzen herlief, ihn stützte, stemmte, schob, und aus dieser Entfernung hätte auch sie der Fahrer sein können, nur daß der Prinz Rotz und Wasser heulte und Schröter, während er nebenherlief, an die Hypotheken dachte und an die acht Räder, die jetzt im Laden herumstanden.

Anna hatte ihm schon vor dem sintflutartigen Novemberregen geraten, die Hochräder zum Selbstkostenpreis zu verkaufen. Er hatte das damals geradezu empört abgelehnt, überzeugt davon, das nächste Jahr werde das Jahr des Hochrads werden. Jetzt riet Anna ihm sogar, die Räder zu stark ermäßigten Preisen zu verkaufen, damit wenigstens ein Teil des Geldes wieder hereinkomme. Schröter aber hoffte noch immer auf einen Durchbruch. Er glaubte, man müsse den Leuten nur die Augen für die wahren Qualitäten des Rads öffnen, auch wenn sich inzwischen die Straßen mit den Niederrädern bevölkerten, nachdem sich herumgesprochen hatte, daß an den herzoglichen Hof zehn Safeties geliefert worden waren. Schröter nahm, gegen den dringenden Rat Annas, denn auch sofort die Herausforderung von E. und E. Schmidt zu seiner zweiten Wettfahrt an.

Das Rennen war für Mitte Juli angesetzt worden. Wie man sich in der Stadt erzählte, sollte eigens für dieses Rennen ein bekannter belgischer Rennfahrer nach Coburg kommen und das Niederrad fahren. Es beweist Schröters Charakterstärke, daß er sich von dieser Ankündigung nicht abschrecken ließ, sondern den Kampf aufnahm und sofort mit einem intensiven selbstquälerischen Lauf- und Fahrtraining begann, das er aber schon bald unterbrechen und umstellen mußte.

Schröter hatte für seine vierzehntägige Arbeit beim Aufbau der herzoglichen Räder und für das tagelange Schieben und Drücken des Prinzen, der, nachdem er eine wackelige Runde auf dem Hochrad gefahren war, sofort auf das Niederrad abstieg, kein fürstliches Honorar, sondern nur eine kleine Gedenkmünze des Herzogs bekommen. Als Schröter gedrückt mit diesem flachen Bronzekopf nach Hause kam, sagte Anna: Den kann er sich anne mütz schmieren, de gizbüttel. Offenbar machte Anna das Mecklenburger Platt Majestätsbeleidigungen besonders leicht. Und vielleicht war der Verdacht der Polizei, daß in dem plattdeutschen Zirkel Staatsfeindliches geredet würde, doch nicht so ganz unbegründet. Nicht, weil sich die Mitglieder dieses Zirkels mit der Absicht zur Aufrührerei trafen, sondern weil das unverständliche Plattdeutsche hier, wie jeder von der Obrigkeit unverstandene Dialekt, gleichsam von selbst zu Widerworten und Aufsässigkeiten führte. Übrigens hatte der Zirkel den Weggang seines Gründers Gützkow überlebt und traf sich nach wie vor wöchentlich unter der tatkräftigen Mitwirkung Annas.

Schröter stand trotz seines so glänzenden Sieges im

Frühsommer vor dem Ruin: die Zinsen der Hypotheken, der vierzehntägige Verdienstausfall, die acht unverkäuflichen Hochräder, das war nicht mehr tragbar. Der Versuch, die Gedenkmünze zu versetzen, brachte ein derartiges Angebot, daß Schröter sie auch behalten konnte. Schröter entschloß sich, das Haus zu verkaufen. Er ging zu einem Makler, der aber den Preis nicht zahlen wollte, den Schröter brauchte, um, nach Abdeckung der Hypotheken, eine Restsumme zu behalten. Der Makler ließ nicht mit sich handeln. Der mußte nur den bald fälligen Konkurs Schröters abwarten, dann würde er das Haus zum Preis der Hypotheken kaufen können. Schröters Lage war verzweifelt. Und Annas Fehlgeburt hing sicherlich nicht mit ihrem Radfahren im vergangenen Jahr zusammen, wie man sich in der Stadt erzählte, sondern mit diesen niederziehenden Sorgen, der Ungewißheit, der Ausweglosigkeit.

Dann aber tauchte in Coburg Lord Hume auf, ein Afrikareisender und Forscher, der von einer Afrikadurchquerung zurückkam. Er hatte in Zentralafrika Darwins Missing link gesucht und glaubte, es auch gefunden zu haben. Denn er führte in seinem Reisegepäck die gewaltige Haut eines Menschenaffen mit sich, den er am Kongo geschossen hatte. Ein ungewöhnlich großes Tier, wie man es bisher noch nicht gesehen hatte. Die Haut hatte Hume abziehen und sogleich mit Arsenik behandeln lassen. Leider aber war ihm nachts der anthropologisch so unersetzliche Schädel von irgendeinem Tier weggeschleppt worden, und man hatte ihn, trotz langen Suchens, nicht wiederfinden können. Beinahe hätte Hume auch noch die Haut des Gorillas verloren, und seine Erzählungen von dem Riesenaffen wären dann als Jägerlatein belächelt worden.

Hume hatte seine Heimreise nach London auf einem englischen Dampfer vom ostafrikanischen Mombasa aus angetreten. Der Dampfer war, was Hume schon bei seiner Einschiffung gesehen hatte, nicht mehr neu, und es sollte eine der damals nicht so seltenen Katastrophenreisen werden. Im Roten Meer explodierte ein Schiffskessel. Im Suez-Kanal brach das Ruder, und nachdem das repariert worden war und der Dampfer seine Reise fortgesetzt hatte, verlor er vor Sizilien die Schiffsschraube. Er mußte nach Palermo geschleppt werden. Hume entschloß sich zu einer Landreise nach England, wobei er die Gelegenheit nutzen wollte, um seinem Freund, dem Herzog von Coburg, einen Besuch abzustatten. Die umfangreiche Ausbeute seiner Forschungsreise, im wesentlichen Häute, Felle, Vogelbälger und eine große Sammlung von Nachtfaltern, stellte er im britischen Konsulat unter, um sie später mit dem neu beschraubten Dampfer nach London kommen zu lassen.

In der Nacht vor seiner Abreise nach Neapel hatte Hume einen merkwürdigen Traum. Ein Schwarm Termiten kroch aus dem Keller des Konsulats und fraß seine wissenschaftliche Sammlung auf. Deutlich hörte er die Freßgeräusche, ein Knacken und Knistern, mit dem all die sorgfältig aufgespießten Nachtfalter verschwanden. Am nächsten Morgen entschloß sich Hume kurzfristig, die Gorillahaut im Handgepäck auf die lange und beschwerliche Reise mitzunehmen. Hume wechselte später sein Forschungsgebiet, kam von der afrikanischen Zoologie und der Suche nach dem Missing link zur Erforschung übersinnlicher Phänomene. Denn kurz nach seiner Abreise wurden bei einem Einbruch in das englische Konsulat all seine Jagdtrophäen gestohlen. Das Eigentümliche war, daß die Diebe sonst nichts aus dem Konsulat entwendet hatten, so als seien sie von kenntnisreichen Zoologen gezielt auf die Humesche Sammlung angesetzt worden. Für Lord Hume war es nur ein schwacher Trost, daß er auf seinen späteren Reisen durch Italien, die ihn immer wieder nach Lukanien führten – wo wie nirgendwo sonst in Europa gehext, vorhergesagt, gezaubert, besprochen und verwünscht wurde –, in fast jedem größeren Museum des Landes mindestens eines der von ihm geschossenen Tiere fand, wie beispielsweise den Leoparden, der auf einem überhängenden Baumast in Jaunde gelauert hatte und sich, als Hume ahnungslos näher kam, durch ein Knurren verriet, so daß Hume seine schwere Büchse gerade noch entsichern und, ohne zu zielen, auf den herunterstürzenden Schatten schießen konnte, wobei der Schuß dem Raubtier zwei Krallen der vorgestreckten linken Tatze wegriß, bevor er in die Brust eindrang und das Herz traf; das Tier fiel mit all seiner Wucht auf Hume, noch zuckend, aber schon tot. Jetzt stand es freundlich schielend im Museum von Bologna und hielt dem Betrachter die Tatze mit den fehlenden zwei Krallen entgegen, wie um ein Pflaster bittend.

Es heißt, jemand im Schloß habe Hume bei seiner Ankunft in Coburg auf Schröters Ausstopfungskünste hingewiesen. Vielleicht hatte Hume aber auch Erwin gesehen und sich nach dessen Schöpfer erkundigt. Jedenfalls wurde Schröter zwei Tage nach der Ankunft Humes ins Schloß gebeten. Schröter glaubte, ein neuer Schwung Fahrradkisten sei aus England eingetroffen, und entsprechend unwillig machte er sich auf den Weg. Er wurde zu Hume geführt, der neben der mächtigen, auf dem Boden ausgebreiteten Haut des Gorillas stand. Hume fragte

Schröter, ob er sich zutraue, dieses Unikat naturgetreu auszustopfen. Leider fehle der Schädel, da müsse Schröter seiner Intuition folgen. Schröter zögerte einen Moment. Er hatte noch nie einen Gorilla gesehen. Aber dann sagte er ja. Allerdings müsse das Tier in vier Wochen fertig sein, weil er dann nach London weiterreisen und den Gorilla auf jeden Fall mitnehmen wolle. Schröter sagte, das sei unmöglich, er brauche für dieses Tier, für das er keine originale Vorgabe habe, mindestens acht Wochen.

Da nannte Hume ein Honorar, für das Schröter auch zwei Jahre an dem Tier hätte arbeiten können, und er sagte zu.

Nur mußte er sofort sein Trainingsprogramm abbrechen. Einbeinhüpfen, Laufen und Fahren waren ganz unvereinbar mit der Arbeit, die ihn vier Wochen in der Werkstatt Tag und Nacht festhalten würde. Er ging in das Naturalienkabinett auf die Veste und suchte in der Bibliothek nach Photographien eines Gorillas in der freien Wildbahn. Wie erwartet fand er keine, dafür aber vier Stiche, die Gorillas zeigten. Aber alle vier Stiche wichen im Aussehen der dargestellten Tiere erheblich voneinander ab, und nur die Unterschriften behaupteten, daß es sich jeweils um einen Gorilla handele. So war Schröter allein auf die Photographien angewiesen, die Hume glücklicherweise vor dem Abbalgen des Tieres gemacht hatte beziehungsweise hatte machen lassen. Die eine zeigte Hume, auf seine Büchse gestützt, den Tropenhelm leicht ins Genick geschoben, neben einem unförmig zottigen Haufen. Das Tier liegt da, als sei es gerade von einem Baum gefallen, den rechten Arm weit von sich über den Kopf geworfen, den anderen wie ruhend auf der tonnenförmigen Brust, das linke Bein leicht angezogen. Die Aufnahme ist etwas unscharf. Wahrscheinlich hat sie einer der Träger Humes gemacht. Hingegen ist die zweite Aufnahme, die Hume wohl selbst gemacht hat, scharf und zeigt in einem durch Laub gefilterten Licht den Gorilla am Boden sitzend. Drei Neger stützen ihn von hinten, zwei halten den großen Kopf, deutlich erkennt man den Glanz der Augen. Der Gorilla blickt, als lebe er noch, nur daß er das Maul aufgesperrt hat, als staune er ganz unbeherrscht über das, was da vor ihm geschieht, die Hände hat er vor sich zwischen den gespreizten Beinen liegen, die ledernen Fußsohlen mit den seitwärts abstehenden Greifzehen weisen auf den Betrachter. Nur beim genauen Hinsehen erkennt man an der linken unbehaarten Brust ein Loch und darunter feuchtverklebtes Fell. Schröter betrachtete das Loch in der Haut. Es mußte ein großkalibriges Geschoß gewesen sein, das aber aus dem Körper nicht wieder ausgetreten sein konnte, da es kein Ausschußloch gab.

Schröter vermaß die Haut. Das Tier war 2,10 lang und maß von einer Mittelfingerspitze bis zur anderen 2,85 m. Hodensack und Penis hingen aufgeschnitten und planverschrumpelt wie eine heraldische Lilie am Fell. Es war das größte Tier, das Schröter in seinem Leben ausstopfen sollte.

Während er erste Entwurfsskizzen machte und überlegte, ob er das Tier sitzen, gehen, stehen oder klettern lassen sollte – er hatte auch eine Haltung skizziert, in der es rittlings auf einem Ast saß –, kam ihm der Einfall, wie er die Arbeit an dem Gorilla mit seinem Training verbinden könnte.

Er hatte in einer Annonce die Maschine einer Frankfurter Firma gesehen, die all jene Strecken, die er im

Training fahren mußte, auf einem eisernen Ständer konzentrierte. Er bestellte diese Trainingsmaschine per Expreß und trotz der Tränen Annas. Gab es auf der Welt etwas Überflüssigeres als diese Maschine? Aber Schröter argumentierte, daß in seiner Situation allein dieses Gerät ihm erlaube, beides gleichzeitig zu tun, an dem Gorilla zu arbeiten und sich auf das Rennen vorzubereiten. Er sprach von seiner Verantwortung gegenüber dem Hochrad im allgemeinen und den acht auf Lager stehenden im besonderen.

Als eine Woche später die Trainingsmaschine geliefert und in der Werkstatt aufgestellt wurde, stand dort schon ein gigantisches Strichmännchen aus Eisen, ein Bein auf dem Boden, das andere seitlich erhoben, einen Arm in der Luft, den anderen hängend, als tanze es. Dieses Eisengestell hatte der Schmied Platter nach einer Schröterschen Zeichnung geschmiedet und zusammengeschweißt.

Schröter setzte sich auf die Maschine, einen säulenförmigen Eisenständer, der auf eine gußeiserne Platte aufgeschraubt war. Im unteren Teil der Säule war die Kurbelachse befestigt, in der Mitte das schwere gußeiserne Rad. Auf der Säule ein Sattel, ein Lenker und eine Bandbremse, mit der mittels einer Schraube der jeweils gewünschte Widerstand eingestellt werden konnte. Die Maschine hatte einen Kilometerzähler und eine Glocke, die nach 1000 Metern ein melodisches Ding-Dong erklingen ließ. Mit diesem Ding-Dong mußte Anna in den nun kommenden drei Wochen leben. Schröter hatte sofort damit begonnen, das Eisenmännchen mit Werg zu umkleiden, um darauf dann den Ton aufzutragen. Zwischendurch setzte er sich auf die Trainingsmaschine, strampelte, keuchte, schwitzte, hörte das Ding-Dong und hatte dabei immer den langsam größer und dicker werdenden Koloß vor Augen. Dem hatte er einen säuberlich entrindeten, drei Meter hohen Stamm zur Seite gestellt. Schröter war lange durch den Probstei-Forst gelaufen, um einen Baum zu finden, an dem sich ein Ast genau da gabeln mußte, wo die ausgestreckte Gorillahand ihren Halt finden sollte. Er hatte den Baum schlagen und dann in seine Werkstatt transportieren lassen, deren Dach er eigens für diesen Stamm an einer Stelle aussägen und dort um einen Meter hochsetzen ließ. Das Werkstattdach hat seit dieser Zeit diesen kleinen, für die Unkundigen unerklärlichen turmartigen Aufbau.

Schröter saß und strampelte, knetete im Schweiße seines Angesichts an dem Tonriesen, strampelte dann wieder weiter. Anna beschlich der Gedanke, ihr Mann habe den Verstand verloren. Was sie nachts im Schlafzimmer von unten aus der Werkstatt hörte, war ein ächzendes Stöhnen, ein Seufzen, ein metallisches Quietschen, dieses unheimliche Glockenzeichen, abermals ein Ächzen und dann eine beängstigende Stille.

Schröter stieg atemlos von der Maschine, immer diesen Tonkoloß im Auge, kniete nieder und trug noch etwas Ton auf das Wadenbein auf. Es war ein mühsamer Kampf, den Schröter da allein zwischen dem ungeschlachten Tonklumpen und dem gußeisernen Rad austrug, eingeschlossen in dem Arbeitsraum, aus dem er nur ein-, zweimal am Tag in den Hof trat und in den Himmel blickte, in dem die Schwalben hin- und herschossen. Dann ging er wieder in die schattige Werkstatt, und auf diesem kleinen Weg sah Anna sein Gesicht: So muß Sisyphos ausgesehen haben, wenn er den Berg hinunterstieg zu seinem Stein. Als Schröter dann nach sechs Tagen ein Feldbett in der Werkstatt aufschlug, um nachts, wenn er aufwachte und nicht gleich wieder einschlafen konnte, gleich weiterarbeiten zu können, fragte sie ihn, der ihr immer fremder wurde, warum er sich abquäle, warum dieses törichte Rennen, warum lasse er den Dingen nicht einfach ihren Lauf. Nein, sagte Schröter und spachtelte Ton auf einen massiven Gorillabrustmuskel, und dann, nach einer kleinen Pause, gab er ihr die ebenso volkstümliche wie ontologisch tiefsinnige Antwort, die sie sonst immer in ihrem Mecklenburger Platt im Munde führte: Wat mut, dat mut.

Dann saß er wieder auf seinem gußeisernen Rad, hatte die Schraube von *Mittel* auf *Schwer* gestellt und trat und sah, wie sich aus dem unförmigen Tonklumpen langsam ein Gorilla herausbildete.

So arbeitete Schröter 12 Tage und 11 Nächte. Der Ton war ihm schubkarrenweise von einem Ofensetzer in die Werkstatt gefahren worden, bis die Nacht kam, in der er nur noch ein Bröckchen Ton zwischen die Fingerspitzen nehmen mußte, um es auf den Mittelfingerknochen der rechten, der erhobenen Gorillahand aufzutragen. Er glättete noch ein wenig die Ränder der großen Nasenlöcher, setzte sich dann auf die Maschine, stellte die Schraube auf *Leicht* und trat in die Pedale, und das Rad surrte ganz mühelos. Er betrachtete den Gorilla, der jetzt fertig im Licht der Petroleumlampe stand. Er steht auf dem linken Bein neben dem Baum, dessen Ast die erhobene rechte Hand hält, der rechte Fuß, ebenfalls leicht erhoben, umgreift mit seinem Klammerzeh die entrindete thüringische Esche, der linke Arm schwingt aus, als wolle er gerade nachgreifen – oder hat er den Stamm losgelassen, steigt das Tier hoch oder runter, greift es an oder flieht es? So steht es, still und bewegt. Das Rad lief, und Schröter trat schnell und gleichmäßig auf der Stelle. Die Anstrengungen der letzten Tage und Nächte fielen von ihm ab und gaben eine wachsende Heiterkeit frei, er lachte, er lachte, bis ihm die Tränen kamen, nur langsam beruhigte er sich wieder. Das Tier war schon jetzt, in diesem glatten Ton, bedrohlich lebendig. Das Glockenzeichen erklang, ein melodisches Ding-Dong, da glaubte Schröter plötzlich, der Gorilla habe sich bewegt. Entsetzt starrte er das Tier an, hörte auf zu treten. Es war still, bis auf das Surren des auslaufenden Rades. Schröter sagte sich, daß er einer Sinnestäuschung erlegen war, die Folge der schlaflosen Nächte, Resultat einer Müdigkeit, die ihm wie Fusseln in den Augen saß. Doch dann sah er, wie sich langsam der ausgestreckte Arm vom Stamm löste, wie sich Hand und Arm auf den großen furchtbaren Kopf legten, der sich unter dieser Last nach vorn neigte, langsam, nachdenklich, als suche er etwas auf dem Boden, und dann, von einem unmenschlichen Schrei begleitet, zu Boden fiel.

In der Nachbarschaft gingen die vor kurzem gelöschten Lampen wieder an, Fenster wurden aufgerissen, und man fragte sich von Haus zu Haus, was das für ein entsetzlicher, nie gehörter Schrei gewesen sei. Und woher der kam. Aus dem Haus von Schröter.

Anna war aus dem Bett gefahren und hinunter in die Werkstatt gestürzt, wo sie Schröter bewegungslos auf der Trainingsmaschine sitzen sah. Er starrte auf den Boden. Dort lag ein unförmiger Tonklumpen – der Kopf des Gorillas. Anna mußte Schröter regelrecht schütteln, damit der den Blick von dem Tonhaufen lösen konnte.

Dann führte sie ihn in das Schlafzimmer hinauf, zog ihn aus, wusch ihm das Gesicht mit kaltem und heißem Wasser, stellte zwei Schüsseln, ebenfalls mit kaltem und heißem Wasser, auf den Boden und ließ ihn die Füße hineinstecken und nach drei Minuten wechseln. Sie trocknete ihm die Füße ab, legte ihn ins Bett und sich daneben und flüsterte: Wie kannste nur so schreien. Und er sagte, er habe zwar einen Schrei gehört, aber nicht selbst geschrien. Dumm tüch, sagte sie und löschte das Licht.

Nachts schreckte Schröter hoch, schweißnaß, und doch fror ihn vor Grauen. Er hatte geträumt, wußte aber nicht mehr was. Anna stieg aus dem Bett, um ihm einen Lindenblütentee zu kochen, der jeden Druck von der Seele nimmt. Leise stand er auf, schlüpfte in die Hausschuhe, nahm eine Kerze und ging in die Werkstatt hinunter. Der Gorilla stand enthauptet da. Das Eisenskelett ragte wie eine schreckliche Verstümmelung aus dem Armstumpf hervor. Er nahm sich vor, gleich am Morgen den Arm neu mit Werg zu umwickeln, um dann den Ton auftragen zu können. Erst wenn der Arm fertig und gut ausgetrocknet war, wollte er sich wieder an den Kopf machen. Er wußte, daß er seinen Schlaf abermals einschränken mußte, wollte er das Tier termingerecht abliefern.

Nach dieser wochenlangen Doppelbelastung, nach vielen kleinen und großen Katastrophen, nach Schlaflosigkeit, Sauerstoffmangel und einer sehr einseitigen Bewegungsweise, sitzend und nach unten tretend, könnte man annehmen, daß er in das zweite, entscheidende Rennen mit einer denkbar schlechten Kondition ging, beladen mit Sorgen, nervös und ausgelaugt. Aber eher das Gegenteil war der Fall. Schröter hatte den Gorilla drei Tage vor dem Rennen abgeliefert, das heißt, Lord Hume war in die Werkstatt gekommen und hatte sich auf eine ganz unenglische Weise begeistert gezeigt. Er hatte in die Hände geklatscht, er hatte Schröter auf die Schulter geschlagen, er hatte aus der spärlichen Begeisterungsfähigkeit der englischen Sprache herausgeholt, was nur irgendwie herauszuholen war: extraordinary, enormous, ravishing. Und dann stockte er das ohnehin hohe Honorar auf. Er ließ das Tier bis zum Tag seiner Abreise im Schröterschen Laden stehen. Die Coburger drängten sich in einer nicht endenden Schlange und unter dem monotonen Zuruf Annas: Bitte weitergehen, an dem Tier vorbei. Es gab niemanden, den es dabei nicht gruselte. Die Leute kamen von weither, um dieses Tier zu sehen, und die Zahl der Neugierigen wuchs von Tag zu Tag, bis der Gorilla am Morgen des dritten Tages, in Holzwolle verpackt, in eine gewaltige Holzkiste eingenagelt, zum Güterbahnhof gefahren wurde, gefolgt von einer unübersehbaren Menschenmenge. Diese Anteilnahme wird verständlich, wenn man das Tier heute im *Victoria and Albert Museum* besucht. Es empfiehlt sich, bevor man den Saal, in dem das Tier steht, betritt, einen der Museumswärter, die im Gang auf Stühlen zusammensitzen und sich als alte Veteranen die Schlachten von Tobruk und El Alamein nacherzählen, zu bitten, das Tier abzustauben. Kommt der Museumswärter mit dem Flederwisch zurück, betrete man den Saal vom Gang her. Der Gorilla steht in dem dämmrigen und nach Bohnerwachs riechenden Saal in der linken Ecke, so, als sei er eben vom Baum gestiegen, den er noch im Griff hat, zögernd, überrascht von dem Hereintretenden. Man geht langsam weiter und erwartet eine Reaktion des Tiers, Rückzug oder Angriff, man bleibt stehen, so unwirklich erscheint plötzlich das gebohnerte Parkett und die schwere Kordel, die den Gorilla vor dem Zugriff der Neugierigen schützen soll. Die Gablonzer Glasaugen fixieren den Näherkommenden. Die mit farblosem Lack bestrichenen

Nüstern, Lefzen und Zähne glänzen wie frisch eingespeichelt und wie zum Biß bereit.

Gäbe es im Michelin-Führer eine Empfehlung für besonders sehenswert ausgestopfte Tiere, dieser Gorilla hätte, wie Michelangelos David, drei Sterne. Er ist ohne Frage nicht nur das größte, sondern auch gelungenste Werk Franz Schröters.

Onkel Franz ging also damals mit einem Erfolgserlebnis ins Rennen und, wie man heute sagen würde, bestens motiviert. Sicherlich, sein Trainingsprogramm der vergangenen vier Wochen war etwas einseitig. Er war in der ganzen Zeit nie auf der Straße radgefahren. Man hätte glauben können, er sei aus der Stadt verschwunden, hätte es da nicht diesen gräßlichen nächtlichen Schrei gegeben, der Schröter zugeschrieben wurde. Und der Tierstimmenimitator und Metzgermeister Schön ließ über Mittelsmänner – er sprach ja seit Annas Auftritt in der Orloffschen Versammlung nicht mehr mit den Schröters – fragen, ob es sich bei dem nächtlichen Schrei um den Brunfttruf oder den Todesschrei eines Gorillas gehandelt habe. Mehrmals hörte man danach aus dem Schönschen Hause einen ähnlich klingenden Schrei, der aber weder in seiner Laut- noch Ausdrucksstärke mit dem zu vergleichen war, den man aus dem Schröterschen Haus gehört hatte.

Schröters wochenlanges Verschwinden aus dem Coburger Stadtbild trug sicherlich dazu bei, daß am Tag des Rennens die Wetten 1 : 12 gegen Schröter standen. Sein Gegner war nicht der angekündigte belgische Rennradfahrer Oudot, sondern der junge Ziegeleiarbeiter Wachsmann, dem Schröter das Hochradfahren beigebracht hatte. Dieser kräftige, durchtrainierte Turner hatte sich sofort bereit erklärt, ein Rennen gegen Schröter zu fahren, nachdem man ihm für den Fall seines Sieges das Niederrad zum halben Preis überlassen wollte. Er betrug dann allerdings immer noch mehr als einen Monatslohn Wachsmanns, was aber auch etwas von der Gewinnspanne der Firma E. und E. Schmidt verrät. Darüber hinaus hatte der Besitzer der Ziegelei, ein Cousin von E. und E. Schmidt, Wachsmann zur Vorbereitung auf das Rennen zwei Arbeitsstunden pro Tag freigegeben, so daß Wachsmann nur noch zehn Stunden arbeiten mußte und auch noch zwei Stunden Fußmarsch sparte, da er mit dem Rad zur Ziegelei fahren durfte.

Wachsmann stand munter und ohne auch nur einmal zu gähnen im Kreis der Niederrad-Vereinsmitglieder. Es war der erste heiße Tag nach einem verregneten Monat. Fahnen knatterten, die Militärkapelle spielte *An der schönen blauen Donau*, Bratwurst- und Apfelbrater hatten ihre Stände aufgeschlagen, Kinder spielten Verstecken hinter flanierenden Sommerkleidern und hellbraunen Anzügen, die Ehrenjungfrauen probten die Preisübergabe, für den Sieger einen schlichten Eichenlaubkranz, für den Verlierer eine silberne Gedenkmünze.

Schröter hatte keine Chance, nicht einmal eine theoretische. Die Strecke war, im Vergleich zum ersten Rennen, dreimal so lang, sie wies erhebliche Steigungen und – für den kopfsturzgefährdeten Hochradfahrer höchst nachteilig – starke Gefälle auf. Entscheidender aber war das Gewicht der Maschinen. E. und E. Schmidt hatten eine Rennmaschine der Firma Peugeot, also vom französischen Erbfeind, gekauft. Sie war nur halb so schwer wie Schröters Hochrad Victor. Schröter muß das schon vor dem Start klargeworden sein, in dem Moment nämlich, als er sah, wie Wachsmann seine Rennmaschine mit einer Hand anhob, ganz beiläufig umdrehte und zur Startlinie schob. Er begrüßte Schröter mit Handschlag und wünschte ihm für alle gut hörbar: Auf ein gutes Rennen.

Wachsmann trug erstmals in der Geschichte der Stadt kurze Hosen, die das Knie frei ließen. Diese Hose hatte wohl kaum Einfluß auf den Ausgang des Wettkampfs, wie später der Trikotagenverkäufer Zörn mit seinem vor Begeisterung verrutschten Toupet behauptete. Das Rennen wurde gestartet, und alle sahen, wie dieser Ziegeleiarbeiter mit einer unfaßlichen Schräglage in der Kurve zur Grafengasse verschwand, während Schröter noch immer sein Hochrad anschob. Schröter wußte also, daß er nicht gewinnen konnte. Dennoch fuhr er mit aller Kraft und vollem Einsatz. Heutige Olympiateilnehmer hätten sicherlich schon bald mit dem Hinweis auf Seitenstiche oder Sehnenzerrungen aufgegeben. Schröter hingegen fuhr, darin waren sich alle einig, die ihn unterwegs auf der Strecke beobachten konnten, mit einer selbstmörderischen Geschwindigkeit. Nur an den Steigungen hatte er Zeit, an Anna zu denken, an die acht Hochräder zu Hause und an die Zukunft des Hochrads im allgemeinen. Vielleicht wurde ihm jetzt, stehend die Pedale tretend, klar, in welch verrückten Vergleich er sich da hatte hineinhetzen lassen, er, dem an Geschwindigkeit gar nichts lag, sondern einzig und allein am Fahrstil, an der Haltung, der schönen ruhigen Bewegung. Jetzt saß er in sich verkrümmt und verkrampft, weil er sich vor einer abstürzenden Schußfahrt mit aller Willenskraft nach hinten zwingen mußte, während der Fahrtwind in seinem Gesichtsfleisch wühlte. Es hatte auch noch aufgebrist, und die Böen trieben Schröter hin und her. Manchmal wünschte er sich, daß er stürzen möge, damit der Wahnsinn endlich ein Ende nähme, aber dann fing er das Rad doch wieder geübt auf. Als er das Rad wieder einmal einen Berg hinaufschieben mußte, halb laufend und keuchend in einer stechend heißen Sonne, und oben plötzlich in die Kühle eines Schattens eintauchte, bemerkte er die schwere graublaue Wolkenbank über sich. Dann stürzte er sich, begleitet von fernen Blitzen, wieder zu Tal, mit dem irrwitzigen Klimpern zweier Speichen, die in einem Schlagloch gebrochen waren. Er hatte während der Fahrt langsam den Druckpunkt der Füße auf die Pedale verändert, um so andere, ausgeruhtere Muskelstränge zu belasten. Hatte er anfangs mit dem Ballen getreten, war er nach zwei Stunden auf die Fußmitte gegangen, er erreichte die Stadt mit den Hacken tretend. Er fuhr durch die leere Allee, weit nach vorn gelehnt, gefährlich weit, und bei jedem Tritt stöhnte er und wackelte mit dem Oberkörper hin und her. Als er endlich den Schloßplatz erreichte, fielen die ersten schweren Tropfen aus dem schwarzen Himmel und kugelten sich im Staub. Der Platz war leer. Dort, wo sich die Leute gedrängt hatten, standen nur noch zwei Menschen. Es gab, genaugenommen, auch kein Ziel mehr. Man hatte die weiße Stoffbahn mit der Aufschrift Ziel abgehängt. Der Talkumstrich war von vielen Füßen zertreten, nur noch ein paar weiße Tupfer, und daneben standen Anna und der Ziegeleiarbeiter Wachsmann, der einen Eichenlaubkranz auf dem Kopf trug.

Schröter ließ sein Rad auslaufen und stieg ab, das Absteigen nahm kein Ende, die Beine gaben sanft, aber unwiderstehlich nach, und so setzte er sich gegen seinen Willen auf den Boden. Wachsmann kam hinzugelaufen und fing das Hochrad auf. Er stand da, in seinen kniefreien Hosen, im Trikot, durchgeschwitzt, rotgesichtig, auf dem Kopf den vergessenen Siegerkranz, und hielt das Hochrad fest. Anna hatte das Handtuch aus ihrem Korb genommen, in dem die silberne Erinnerungsmedaille lag, die man ihr nach einigem Warten mit der Bitte, sie an Schröter weiterzugeben, überreicht hatte. Anna wischte ihm behutsam das schweißnasse Gesicht ab. Dann legte sie ihm ihr Schultertuch um und setzte sich in dem jetzt dicht fallenden Regen neben Schröter auf den Boden.

14

Schröter gab nach dieser Niederlage keineswegs den Kampf um das Hochrad auf. Das mag uns aus heutiger Sicht unvernünftig, starrsinnig und regelrecht verstiegen erscheinen, nur muß man bedenken, daß sich das Problem für Schröter damals anders stellte. Das Niederrad hatte noch nicht seine fraglose Zweckmäßigkeit durch einen gut hundertjährigen und heute sogar zunehmenden Gebrauch bewiesen. Damals bestand, jedenfalls für Schröter, noch die Möglichkeit der Wahl, man konnte sich, glaubte er, für das Radfahren oder für das Fahrradfahren entscheiden. Daß sich alle so schnell, fast besinnungslos für das Niederrad entschieden, verrät etwas über die Wünsche, also über die tieferen Beweggründe der neuen Radlergeneration. Nicht zufällig hieß das Niederrad damals: Safety. Die Sicherheit, das Praktische, die Bequemlichkeit und die Schnelligkeit, all das, was dem Niederrad seine zwingende Logik gab, interessierte Schröter allenfalls am Rande. Er wollte das ganz andere.

Völlig verrückt, sagte ein entfernter Cousin, der mich neulich anrief und fragte, woran ich gerade schriebe. Onkel Franz? Er wußte gar nicht, daß es den mal gab. Hatte der einen Sprung in der Schüssel? Die Geschichte von Onkel Franz, von dem rollenden Artefakt, fand er so schräg, so silly, daß er sofort seine Werbeagentur anrufen wollte, um zu fragen, ob sich daraus nicht irgendein Werbegag entwickeln ließe. Ich hätte mir aufs Maul schlagen können. Mein Cousin ist Generalvertreter einer japanischen Autofirma.

Onkel Franz auf dem Hochrad, für japanische Autos Reklame fahrend. Obwohl – es wäre eine späte Rache. Immerhin war es das Auto, das den Siegeszug des Niederrads stoppte, so wie es selbst zuvor das Hochrad von Onkel Franz zur Strecke gebracht hatte. Nur hat sich das Niederrad, wenn auch unter Rückbildung vieler luxuriöser Details und technischer Feinheiten, bis heute halten können, während das Hochrad ausgestorben ist, ein stählerner Dinosaurier in der Entwicklungsgeschichte der Fahrzeuge.

Seine von allen Zeitgenossen, insbesondere auch von Onkel Franz, so hochgelobten Fahrqualitäten lassen sich heute kaum noch nachprüfen. Jedenfalls wurde mein Versuch schon auf dem Auftritt beim kleinen Hinterrad durch einen Museumswärter gestoppt, der eben noch gedankenverloren am Fenster stand und in den Schneeregen starrte. Er ließ sich auch nicht durch die Erklärung beruhigen, daß ich als Großneffe eines Fahrradpioniers einfach einmal das Fahrgefühl erproben wolle. Er drohte mit Anzeige und einem lebenslangen Hausverbot für das Deutsche Museum. Sogleich umdrängten uns neugierige Besucher und boten dem Wärter ihre Hilfe an. Der krakeelte, obwohl ich mich schon entschuldigt hatte, weiter: Sachbeschädigung, Kultuurguad, Raudi, zwei seiner Kollegen kamen, unwiderstehlich vom Lärm angezogen, der eine hatte schon den neu entwickelten, ausziehbaren Plastikknüppel in der Rechten. Ich sagte: Wissen Sie, mein Onkel Franz, und ging dann, ohne mich nochmals umzudrehen, aus dem Saal. Gern hätte ich noch im Museumsarchiv nachgeschlagen, ob eine der beiden Erfindungen von Onkel Franz aufgeführt war, ließ es aber, da mir zwei Museumswächter folgten.

Onkel Franz war keineswegs so verblendet, daß er nicht den entscheidenden Schwachpunkt des Hochrads erkannt hätte, die Kopfsturzgefahr. Darum begann er zu grübeln, wie man diesen Nachteil beheben könne. Jetzt, aus der Defensive heraus, wurde Onkel Franz zum Erfinder, wie ja alle wichtigen Erfindungen einem Mangel entspringen. Zwei fahrradtechnische Erfindungen stammen von ihm, die eine, die er für die wichtigste hielt, weil sie den Kopfsturz verhindern sollte, ist vergessen, die andere, die er ganz zufällig machte und entsprechend gering schätzte, benutzt noch heute jeder, der ein Fahrrad mit Klammergepäckträger fährt. An einem Samstagabend war Schröter von einer Ausfahrt zurückgekehrt. Es war ein heißer, bis in den Abend hinein schwüler Tag gewesen. Er schnallte sein Regencape von dem am Lenker befestigten Gepäckträger, wobei er sich beim Öffnen der Schnallen jener Lederriemen, mit denen das Cape festgebunden war, den Nagel des Zeigefingers einknickte, was ihm schon am Morgen beim Schließen mit dem Daumen passiert war. Am Nagel beißend, kam er ins Haus und sagte zu Anna: Was für eine Lappalie einem doch so einen Tag vergällen kann. Aber Anna hörte gar nicht hin, denn ihr war eben wieder eine Maus in der Speisekammer begegnet, und sie schickte ihn mit einer Mausefalle und einem Stückchen Speckschwarte in den Keller. Schröter stieg nachdenklich und sich noch immer über diese umständliche Lederriemenschnürung des Gepäckträgers ärgernd in den Keller, ein niedriges Feldsteingewölbe, in dem Kartoffeln still vor sich hin keimten. Als er die Mausefalle spannte, um die Speckschwarte hineinzulegen, hatte er damit auch schon den Klammergepäckträger gefunden. Noch am selben Abend fertigte er eine Reinzeichnung an und schickte seine Erfindung an das Patentamt nach Berlin.

Ein äußerst naives Vorgehen, das sich nur damit erklären läßt, daß Schröter seine Erfindung für ebenso beiläufig hielt, wie er sie gefunden hatte.

Nachdem er jahrelang vom Patentamt nichts gehört hatte, eines Tages aber die Klammergepäckträger auf Niederrädern entdeckte, schrieb er abermals und bekam ein Formblatt zugeschickt, in dem angekreuzt war, was er vom Lebenslauf bis zu notariellen Beglaubigungen alles einzureichen habe, zugleich empfahl man ihm, seinen Antrag zurückzuziehen, da es inzwischen mehrere Patente auf Klammergepäckträger gebe.

Onkel Franz konnte später über diesen Fehlschlag ohne jede Bitterkeit reden, über sich selbst lachen und sagen, irgendein Angestellter im Patentamt habe sicherlich ein gutes Geld auf seinem Gepäckträger nach Hause gefahren. Kam er aber auf seine andere Erfindung zu sprechen, wurde er finster, erregte sich über einen gewissen Havlik, einen Tschechen, ein Verleumder, schimpfte auf die Fahrradfabrikanten und Fahrradhändler, die seine so entscheidende und alles verändernde Erfindung irgendwie verschlampt, verkannt, versaubeutelt hätten. Den ganzen Herbst und Winter über hatte er an dieser Erfindung getüftelt, dem Non-Cropper, Non-Header, dem Antiköpfer. In der frühen Dämmerung begann nicht, wie im vergangenen Winter, der kühne Gedankenflug in die Cyclisation, sondern ein von Hämmern, Feilen und Bohren unterbrochenes Grübeln.

In dem 1890 erschienenen Buch *Fahrrad und Radfahrer* von Wilhelm Wolf sehe ich meinen Onkel Franz in einer gelassenen, aufrechten Haltung durch die Luft fliegen, das über einen Stein nach vorn kippende Hochrad hinter sich lassend, dessen Lenker er in der linken Hand trägt. Onkel Franz fliegt einfach in Fahrtrichtung geradeaus weiter, so hat sich der Illustrator den Antiköpfer vorgestellt. Ganz offensichtlich kannte er Schröter nicht, denn der Mann auf diesem Stahlstich trägt einen typisierenden Schnurrbart, während Onkel Franz zu der Zeit schon einen Kinnbart hatte. Unter diesem dramatischen Bildchen steht: Schröters sich selbsttätig auslösende Lenkstange.

Dieser Stahlstich zeigt die Erfindung, von der Schröter glaubte, sie behebe den entscheidenden Mangel des Hochrads. Die Lenkstange, die er sich durch einen Patentanwalt in Berlin beim Reichspatentamt schützen ließ, löste sich bei einer ruckartigen Belastung in Fahrtrichtung von der Lenksäule und gab so den Weg für den Fahrer frei, der dann einfach nach vorn weiterfliegen sollte.

Kaum war der letzte Schnee geschmolzen, machte sich Schröter Anfang März auf den Weg zum Schützenteich, der etwas abgelegen war, um dort seinen Antiköpfer auszuprobieren. Er trug einen Feldstein auf den sonst ebenen Erdplatz, umwickelte den Stein zur Schonung der Felge mit einer Decke, bestieg sein Rad und fuhr geradewegs auf den Stein los. Nach den ersten Stürzen, die ihn nicht über den Lenker, sondern seitlich daran vorbei katapultierten, war ihm klar, daß er mit größerer Geschwindigkeit auf den Stein fahren müsse. Tatsächlich gelang es ihm nach einer Woche immer häufiger, nach dem Sturzflug durch die Luft auf den Beinen zu landen. Allerdings konnte Schröter bis an sein Lebensende nicht mehr den Geruch von Essig ertragen. Anna machte ihm nämlich allabendlich Umschläge mit in essigsaurer Tonerde getränkten Tüchern.

Dann, nach weiteren vierzehn Tagen, als sich seine Beulen und blauen Flecken zurückgebildet hatten, schob Schröter an einem Montagmorgen sein Hochrad zum Bahnhof, hob es in den Gepäckwagen, setzte sich in ein Raucherabteil und fuhr die wippenden Telegraphendrähte entlang nach Nürnberg. Er hatte bei der Fahrradfabrik Frankenburger & Ottenstein um einen Termin für die Präsentation seiner sich selbsttätig auslösenden Lenkstange gebeten. Das Treffen war für 12 Uhr mittags vereinbart worden. Und pünktlich um 12 Uhr fuhr Schröter in seinem schwarzen Sonntagsanzug, einen Rucksack auf dem Rücken, mit seinem Hochrad an dem Fabriktor vor, nannte dem Pförtner seinen Namen und bat, den Direktor zu benachrichtigen. Schröter wartete einen Moment an dem vergitterten Tor. Die das Fabrikgelände eingrenzende Ziegelmauer war mit Flaschensplittern gespickt. Die Wolken wanderten ruhig am Himmel, verdunkelten die Sonne und gaben sie nach kurzer Zeit wieder frei. Ein Laufbursche kam und sagte, Schröter möge auf den Fabrikhof gehen. Eine Sirene heulte.

Schröter schob das Rad durch das Tor in den Hof, auf

dem ihm drei Männer entgegenkamen, voran ein kleiner zierlicher Mann in einem altmodischen Bratenrock, Direktor Ottenstein, dahinter ein Mann, mit einer sommersprossigen Glatze, der Ingenieur, er trug über seiner hellbeigen Leinenjacke dunkelblaue Ärmelschoner. Zwei Schritte hinter den beiden ging ein älterer Mann in einem hellblauen Kittel, der Werkmeister. Schröter gab den Herren der Reihe nach die Hand, dann sagte Direktor Ottenstein: Bitte, Sie können beginnen.

Schröter nahm den Rucksack, der offenbar recht schwer war, von den Schultern, öffnete ihn und zog einen Pflasterstein heraus, den er schon in Coburg nach Form und Größe ausgesucht und eigens für diese Demonstration mitgebracht hatte. Er legte den Stein sorgfältig auf den Boden, damit er nicht kippelte, bestieg sodann sein Hochrad, nahm Fahrt auf, raste auf den Pflasterstein zu, katapultierte sich mit dem Lenker in der Hand gute fünf Meter durch die Luft und landete, die Wucht des Sturzes in den Knien abfedernd, auf den Füßen.

Die Herren, die Schröters Vorbereitungen stumm und finster verfolgt hatten, waren plötzlich wie verwandelt, sie lachten, klatschten und riefen Bravo. Der Direktor rief: Großartig. Was für eine Nummer. Fulminant! Mit der könnten Sie im Zirkus auftreten. Und großartig der Lenker. Dieser Mann, der so miesepetrig aussah, zeigte bei technischen Neuentwicklungen, wie so viele damalige Fabrikgründer, eine berserkerhafte Begeisterungsfähigkeit. Der Ingenieur hatte sich die Hand auf die Glatze gelegt und deutete damit schon seine Bedenken an. Er sei nicht sicher, sagte er, ob weniger artistisch begabte Fahrer als Schröter nicht doch auf den Kopf aufschlügen, und zwar nach einem halben Salto nach vorn. Der Direktor, der kaum noch still stehen konnte, rief: Man muß es sehen, man muß es sehen, dabei sah er erst den Ingenieur und dann den Werkmeister an, aber beide waren in die Betrachtung des Auslösemechanismus am Lenker versunken. Einen Moment schien es, als wolle Direktor Ottenstein selbst das Hochrad besteigen, dann aber winkte er den Werkmeister, einen Arbeiter zu holen. Der Werkmeister ging in die Fabrikhalle und kam mit einem jungen Arbeiter zurück, der noch kaute. Der Arbeiter trug eine kleine Lederkappe. Es war nicht ersichtlich, ob er die immer trug oder sich von einem Kollegen für diese Demonstration ausgeliehen hatte. Schröter fragte den Mechaniker, ob er ein Rad habe. Naa, sagte der Mann. Ob er radfahren könne? Ja. Schröter erklärte dem Mann den Mechanismus der Lenkstange, sagte, es sei wichtig, schnell und ohne zu zögern auf den Stein zu fahren, dabei ganz normal im Sattel sitzen zu bleiben, dann könne nichts passieren. Der Mann zögerte. Aber der Direktor und der Werkmeister nickten ihm aufmunternd zu. Der Mann drückte sich nochmals die Lederkappe auf den Kopf und stieg auf. Er stieg geübt auf, fuhr eine Kurve und noch eine Kurve, als müsse er erst einmal Mut sammeln, und raste dann mit verzerrtem Gesicht auf den Stein zu, flog über das nach vorn kippende Rad, riß, einem Reflex gehorchend, den Oberkörper nach hinten und fiel auf den Hintern. Der Mann stand auf und hielt sich ächzend den Hintern. Der Direktor sagte: Danke, is gut. Und der Werkmeister nickte ihm zu. Der Mann ging, immer noch die Hand auf dem Hinterteil, langsam in die Fabrikhalle. Der Ingenieur legte sich wieder die Hand auf die Glatze. Der Direktor sagte: Nicht schlecht, er ist jedenfalls nicht auf den Kopf gefallen. Man muß diese

Erfindung im Auge behalten. Der Verkauf von Hochrädern ist von einem aufs andere Jahr um 70% gefallen. Ja, sagte er schließlich, er wolle den Schröterschen Antiköpfer prüfen und dann auch serienmäßig einbauen lassen. Direktor Ottenstein gab Schröter eine kleine weiche Hand.

Noch am selben Nachmittag fuhr Schröter wieder nach Coburg zurück. Er hatte im Bahnhofsrestaurant zu Mittag gegessen und drei Gläser Frankenwein getrunken. Er saß allein im Abteil. Draußen zogen die fränkischen Tabakfelder vorbei. Schröter sang: Nick, nack, padiweck, give the dog a bone, this old man comes rolling home. Später schlief er ein und wurde in Lichtenfels von einem Kontrolleur geweckt.

In den nächsten Tagen radelte Schröter durch die Straßen der Stadt und hatte ein feines wissendes Lächeln im Gesicht. Aber seine Zufriedenheit sollte nicht lange dauern, denn kaum war sein selbsttätig auslösender Lenker in den Fachblättern vorgestellt worden, kam es zu einer häßlichen Kontroverse mit einem anderen Erfinder, der ebenfalls, fast zur gleichen Zeit, einen Non-Cropper entwickelt hatte, welcher sich aber dadurch von Schröters unterschied, daß sich mit der Lenkstange ein Stück der Steuersäule löste. Havlik, so hieß der tschechische Erfinder, schrieb in einer Fachzeitschrift: Schröters sich selbsttätig auslösender Lenker sei ein Instrument zur Selbstkastration.

Onkel Franz, ein, wie man weiß, selbstbeherrschter Mann, war außer sich, er tobte, er schrie, er trat die Küchentür, als er sie zur falschen Seite aufziehen wollte, ein. Die entsetzte Anna stand in der Küche mit dem Rücken an der Wand, in der Hand hatte sie den hölzernen

Fleischhammer. Es dauerte einige Zeit, bis sie verstand, worum es überhaupt ging. Und als sie dann, immer noch den schweren Holzhammer in der Hand, sich vor Lachen auf den Boden setzte, lief Schröter schreiend in die Werkstatt und riegelte sich ein, bis Anna abends durch Klopfen, Kochdüfte und gutes Zureden ihn dazu brachte, wieder aufzusperren. Sie hatte sein Lieblingsessen, Königsberger Klopse, gekocht.

Das Infame an dem Artikel Havliks war, daß sich die Schrötersche Lenkstange tatsächlich unmittelbar von der Lenksäule löste, so daß ein Stück der Eisenstange stehenblieb, ein Rest sozusagen, ein ganz und gar unbedeutender Rest, der für das Genital absolut ungefährlich war, da die Steuersäule ja mit dem Rad vornüberkippte.

Schröter setzte sich noch am selben Abend hin und begann, an einer Gegenerklärung zu schreiben. Statt aber, wie Anna ihm riet, lapidar festzustellen, daß, wer nicht gerade unter einer extremen Ausbildung des Genitals litt, auch niemals hängenbleiben könne, versuchte Schröter, das mathematisch-physikalisch zu beweisen. Schröter schrieb an dieser Erwiderung drei Wochen und arbeitete sich in dieser Zeit mit Hilfe eines Physiklehrers in die Vektorenlehre ein, um mathematisch exakt und am Beispiel der Vektoren vom stürzenden Fahrrad und dem stürzenden Fahrer zu beweisen, daß beide, von einer bestimmten Geschwindigkeit an, die knapp über 0 km/h lag, nicht mehr kollidieren konnten. Voraussetzung war freilich, daß sich das Lenkrad löste. Eine Kastration des Fahrers war dann, mathematisch erwiesen, ausgeschlossen. Der Brief Schröters wurde von der Redaktion unkommentiert und ungekürzt abgedruckt.

Es gab jedoch in der Stadt noch andere Leser der Zeitschrift *Bicycle,* und es ist darum auch nicht weiter verwunderlich, daß plötzlich viele Witze kursierten, die alle so anfingen: Warum löst sich die Schrötersche Stange von selbst ab?

Auch Havlik schrieb nochmals einen Brief an die Redaktion, nur einen Satz: Mit der Mathematik kann man alles mögliche beweisen, entscheidend sind aber die Alltagserfahrungen. All Heil! Es gelang Anna nach einigem Zureden, Schröter davon abzuhalten, den nun schon philosophischen Beweis anzutreten, daß sich auch Alltagserfahrungen mathematisch genau erfassen lassen. Schröter hoffte denn auch auf eine um so glänzendere Rechtfertigung seines Lenkers durch die Fahrpraxis.

Wenig später kam ein Brief der Firma Frankenburger & Ottenstein, der Schröter bestätigte, daß eine mögliche Kastration durch den Schröterschen Antiköpfer ausgeschlossen sei. Dafür ging jedoch von einer vorzeitigen und ungewollten Auslösung des Lenkers eine nicht unerhebliche Gefahr für den Fahrer aus. Die Fabrik erreichten, kurz nachdem einige Hochräder mit der Schröterschen Lenkstange ausgeliefert worden waren, wütende Briefe, in denen Hochradfahrer ihre Erfahrungen mit dieser Lenkstange beschrieben. Der Lenker hatte sich in mehreren Fällen durch einen kräftigen Ruck, der aber nie zu einem Kopfsturz geführt hätte, abgelöst, und der entsetzte Fahrer hielt eine lose Lenkstange in der Hand. Einige hatten in ihrer Verzweiflung versucht, mit den Fingern die Lenksäule zu steuern, bis das Rad zum Stillstand käme, was aber in allen Fällen in einem um so fürchterlicheren Sturz endete. Ein Fahrer, der darüber offenbar seinen Humor nicht verloren hatte, schrieb in einem Brief, den die Firma ihrem Schreiben beigelegt

hatte, er habe nicht wissen können, daß der sich selbsttätig auslösende Lenker vom Hersteller so wörtlich gemeint sei.

Schröter hatte eine vorzeitige Auslösung seines Len-
kers auf Probefahrten nie erlebt. Den jetzt auftretenden
Mangel erklärte er damit, daß es wahrscheinlich ungeübte
Fahrer waren, die sich bei Erschütterungen und stärkeren
Stößen am Lenker festklammerten. Bei einer Probefahrt
mußte er feststellen, daß sich der Lenker bei stärkerem
Verreißen tatsächlich vorzeitig auslöste. Er begann sogleich an einer verbesserten Ausführung seines Antiköpfer zu arbeiten und ließ das neue Modell noch im selben
Winter unter dem Namen Schröters Sicherheits-Antiköp-
fer patentieren. Zu diesem Zeitpunkt aber hatten schon
alle Fahrradfabriken die Produktion ihrer Hochräder eingestellt.

Das Hochrad verschwand schnell aus dem Straßenbild.
Schröter war der letzte, der auf dieser Maschine fuhr, die
er einmal als erster in die Stadt gebracht hatte; damals von
allen verlacht, dann bewundert und bestaunt, schließlich
nachgeahmt, wurde er jetzt wieder verlacht, wie er da auf
seinem eisernen Fossil durch die Straßen ritt. Er war
buchstäblich auf dem Hochrad sitzen geblieben. Und
obwohl er im Gegensatz zu Anna ein ausgeprägtes Pein-
lichkeitsgefühl besaß und ein sich im Alter noch weiter
verfeinerndes Organ, wie einen sechsten Sinn, für das,
was die Leute dachten, wurde ihm sofort alles egal, was
man über ihn redete und dachte, wenn er sein Hochrad
bestieg. Wahrscheinlich wäre er bis ins hohe Alter, bis es
ihm Rheuma und Gicht unmöglich gemacht hätten, auf
seinem Hochrad sitzen geblieben, wäre nicht Anna gewesen. Sie verspürte nämlich den – nie ausgesprochenen –

Wunsch radzufahren. Sie wäre sofort und ohne jede ideologische Verbrämung auf das Niederrad gestiegen und losgefahren. Aber sie versagte es sich aus einer stillen Solidarität mit ihrem Franz, der sich nun einmal auf eine so unbegreifliche und nicht umkehrbare Weise verrannt hatte. Schröter wiederum, der einen Blick auch für die feinsten Bewegungen hatte, bemerkte auf den Sonntagnachmittags-Spaziergängen die winzigen Verspannungen an ihrem Hals – sie trug ihr Haar noch immer hochgesteckt –, wenn eine Fahrradfahrerin vorbeifuhr und Anna den Kopf wegdrehte. Darum stieg auch Schröter von seinem Hochrad, ohne den wahren Grund zu nennen. Anna sagte er, er wolle sich vor diesen gaffenden Idioten nicht weiter zur Schau stellen. So kam es, daß die beiden, die einmal das Radfahren in die Stadt gebracht hatten, mit einer Ausnahme nie wieder radfuhren.

Jedes Jahr am 20. März stieg Schröter in den Keller und trug ein Rad nach dem anderen hoch in den Hof. Dort schmirgelte er Rost von den Speichen, besserte kleine Lackschäden aus, ölte, fettete und polierte alle Stahl- und Chromteile. Dann stellte er die Räder hintereinander unter dem Schuppen auf. Dort hatte er sie im Blick, während er arbeitete. Nach einer Woche trug er sie dann für den Rest des Jahres wieder in den Keller, wo sie auf den nächsten Frühling warteten.

Schröter verfolgte in den verschiedenen Fachzeitschriften die technischen Entwicklungen des Fahrrads, insbesondere den Torpedo-Freilauf und die mühsame Eindeutschung englischer Fachausdrücke, wobei aus einem rat-trap-pedale ein Rattenfallentreter wurde, er las die Proteste der Fahrradvereine über das sommerliche Sprengen der Erdstraßen, auf denen sich dann ein sturzgefährlicher Schmier bildete, und er las vom Kampf der Fahrradvereine gegen das polizeiliche Verbot, auf dem Bankett der Chausseen zu fahren. Auch schob er noch immer in seinem dunklen Sonntagsanzug die Prinzen und Prinzessinnen auf ihren Kinderrädern im Schloßpark herum, und dabei blickte er manchmal hoch, zu dem kleinen Fenster unter dem Dach, wo, wie man ihm erzählt hatte, die Götze ihre Kammer hatte. Im Sommer stand immer das Fenster offen, und eine großblättrige unbekannte Pflanze wuchs aus dem Fenster heraus. Er sah aber nie jemanden am Fenster und glaubte schon, das Zimmer sei unbewohnt, aber dann wären die Tauben ein und aus geflogen.

15

Es bleibt nur noch wenig zu berichten. Mein Onkel führte über Jahre und Jahrzehnte ein auch für diese Stadt ganz normales Leben, das keinen Anlaß mehr zur Legendenbildung bot: Morgens Frühstück, er las dabei mit Marmeladenfingern das *Coburger Tageblatt*, ging dann vor die Ladentür, hatte jetzt die blaue Schürze um, damit alle sahen, daß sein Arbeitstag begonnen hatte, blickte prüfend in die Luft, Wolkenbildung und Vogelflug, sah die Gasse nach rechts zum Judentor hinunter und nach links Richtung Itz, grüßte, wenn jemand zu grüßen war, ging in die Werkstatt, arbeitete bis zum Mittagessen, dann eine Stunde Mittagsschlaf, danach wieder der Blick in den Himmel, nach rechts und links die Gasse hinunter, wobei er schnell über die Schönsche Metzgerei hinwegsah, er rauchte seine Fahrradpfeife an, deren silberne Windhutze er bedächtig drehte, obwohl kein Fahrtwind mehr wehte, und ging dann an die Arbeit bis zum Abendbrot. Im Sommer manchmal, an milden Abenden, ein Spaziergang mit Anna und Tochter Minna im Hofpark. Er ging in den Sonntagsgottesdienst, aber in keine Vereine, Gastwirtschaften, Kegelklubs, sang nicht, spielte keinen Skat, sammelte keine Münzen, las aber alle erreichbaren englischen und deutschen Radfahrzeitschriften, die ihm der Briefträger ins Haus brachte: *Das Fahrrad, Bicycle, Die Pedale, The Cyclist, Der Radfahrer.* Hin und wieder ging er mit Anna ins Hoftheater. Er blieb bis an sein Lebensende in der Stadt, und nur einmal, 1899, wollte er nach Frankfurt, hatte sich schon die Bahnkarte gekauft, um Käthchen Paulus zu sehen, denn die wollte am Sonntag, dem 18. Juli, vom Zoologischen Garten mit einem Fahrrad-Luftballon aufsteigen. Käthchen Paulus wollte diesen Ballon mit wassermühlenähnlichen Lufträdern steuern. Sie saß, wie Schröter einer Illustration in der Zeitung entnehmen konnte, unter einem wurstförmigen Ballon auf einem Fahrradgestell. Dann aber, nachdem er das ganze Haus mit seinen Vorbereitungen in Aufregung versetzt hatte, fuhr er doch nicht. Er hatte keine Lust. Gab die Karten zurück und las eine Woche später Anna die Zeitungsmeldung vor, wonach der Aufstieg des Ballons gescheitert sei. Der Ballon war, trotz der sich wild drehenden Lufträder, vom Wind zum Rhein abgetrieben worden.

In diesen Zeiten sehen auch die ausgestopften Tiere aus der Schröterschen Werkstatt ganz manierlich aus. Nichts mehr von der früheren Unruhe, sie sind nur still und nicht bewegt. Vielleicht hatte man sich nun aber auch an den Schröterschen Stil gewöhnt. Denn inzwischen sahen alle ausgestopften Tiere so aus, oder vielleicht hatte sich an ihnen das Auge für schnellere Bewegungen geschult, die jetzt aber dermoplastisch nicht mehr einzuholen waren.

Schröter, der inzwischen auch die Kanarienvögel älterer Damen präparierte, verdiente nicht übermäßig, aber doch so gut, daß er eine Hypothek im Lauf der Jahre abstottern konnte, die andere zahlte er mit dem Goldschatz aus der Zimmerwand. Es gab keine Aufträge mehr von der Größenordnung eines Kongo-Gorillas oder auch nur einer deutschen Dogge. Nur einmal, kurz vor dem Ersten Weltkrieg, kam ein Auftrag aus Japan, der ihn über die japanische Botschaft in Berlin erreichte. Ein äußerst ehrenvoller Auftrag des kaiserlichen japanischen Hofs, erstmals an einen Ausländer vergeben. Schröter sollte eine Gruppe von Füchsen, Schweinen, Gänsen und Schafen ausstopfen, und zwar – einer alten japanischen Tradition folgend – mit menschlichen Genitalien versehen; verschiedene Tiere, die sich in den ausgefallensten Positionen paarten. Eine Arbeit, die allerhöchstes Können erforderte, da sie beides zugleich hervorbringen sollte: Hypernaturalismus und Verfremdung. Es sollte also ganz ähnlich und ganz fremd sein.

Dieses Angebot beweist, daß Schröters dermoplastischer Ruf langsam bis nach Japan vorgedrungen war. Wobei der Gorilla sein bester Botschafter war. Schröter lehnte den Auftrag ab, trotz des für damalige Verhältnisse enormen Honorars. Wohl weniger aus Prüderie. Die Arbeit war ihm einfach fremd. Sie erforderte einen Blick für Bewegungen, die er, so wie sie ihm als Vorlage in einer japanischen Tuschtechnik skizziert worden waren, nicht kannte, und auf eben diese Bewegungen kam es doch ganz entschieden an, sollten die Tiere nicht plump aufeinanderhocken. Wahrscheinlich wird er auch das Gerede in der Stadt gefürchtet haben, auf das er mit zunehmendem Alter immer mehr hörte. Was sollen die Leute sagen, war eine seiner Floskeln, auf die Tante Anna dann in ihrem konspirativen Platt antwortete: Lot se doch sabbeln.

Und dann, am 11. November 1918, kam der Tag, an dem Onkel Schröter noch einmal auf sein Hochrad steigen sollte. An diesem Nachmittag stand vor dem Coburger Bahnhof eine unübersehbare Menschenmenge und wartete auf die Revolution. Sie stand in einem Grau, aus dem es beständig nieselte. Sie stand und wartete auf den verspäteten Zug aus Gotha, mit dem der Sozialdemokrat Blechschmidt kommen sollte. In Gotha hatte man schon am Tag zuvor die Regierung und den Herzog für abgesetzt erklärt. Zugleich wartete die Menschenmenge auf eine Militärkapelle, die dem angekündigten Demonstrationszug voranmarschieren sollte. Vielleicht wären die nun folgenden Ereignisse, vielleicht wäre die Geschichte des Herzogtums anders verlaufen, wenn nicht ausgerechnet an diesem Tag die Militärkapelle in Einberg zu einer Offiziersbeerdigung *Ich hatt' einen Kameraden* hätte spielen müssen. So aber stand die Menge da, wartete eine Stunde um die andere auf Kapelle und Blechschmidt. Und da es nicht nur nieselig, sondern auch kalt war, begann die Menge zu stampfen, stieg ungeduldig von einem Bein aufs andere. Keine Reden wurden gehalten, keine Lieder gesungen, keine Parolen gerufen, nur ein eigentümliches Murmeln lag über dieser Menschenmenge, ein dunkles, finsteres Murmeln. Ein Eindruck, der vielleicht daher rührte, daß alle so dunkel angezogen waren, schwarze, dunkelbraune und feldgraue Mäntel dominierten. Die Menschen, die da standen, sahen schäbig aus, spitze Gesichter mit großen schwarzen Ohrenwärmern, Schirmmützen, Kopftüchern, schwarzen, krähenflügeligen Damenhüten, hungrig und frierend stehen sie da, selbst auf den Photographien riecht es nach nassen Mänteln, Kohlsuppe, billigem Tabakrauch. Die Menge stand und stampfte, still und bewegt. Das Gemurmel wurde lauter, die Bewegung schneller, bis es dem Kassierer Stegner zu dumm wurde, er seine aus einem roten Vorhang geschneiderte Fahne entrollte und in den Nieselregen hielt, ein schlaffes, nasses, aber weithin sichtbares Rot. Er machte nur ein paar Schritte, da lösten sich die Wartenden aus ihrem Aufderstelletreten, und alle gingen, ohne daß eine Parole ausgegeben worden wäre, zum Schloß. Und wie aus einer Erstarrung erlöst, begann ein Lachen, Reden, Rufen, das sich, je weiter sie gingen, steigerte, die Menschen sangen, und Leute hakten sich ein, die sich nie gesehen oder aber seit Jahren nicht mehr gegrüßt hatten. Sie riefen: Carl Eduard, wir kommen, und du mußt gehen. Als die Menschenmenge den Oberen Bürglaß erreichte, schloß sich ihnen dort ein Hochradfahrer an, ein schon älterer Mann, der auf seinem Gestell alle überragte. Schröter fuhr auf den Schloßplatz, von dem aus er seine beiden Rennen gestartet hatte, wo er seinen Sieg hatte feiern können und nach seiner Niederlage zu Boden gegangen war, und wo er den Prinzen und Prinzessinnen das Radfahren beigebracht hatte, jetzt fuhr er dort wieder aus unerfindlichen Gründen auf seinem Vehikel herum. Der Balkon des Mittelbaus, wo der Herzog sich seinen jubelnden Untertanen zu zeigen pflegte, war von Soldaten und Zivilisten besetzt, und während der Landsturmmann Artmann von der Befreiung von Kapitalismus, Imperialismus und Militarismus redete und daß die Schuldigen an den Völkermorden zur Rechenschaft gezogen würden, war ein Mann auf die Brüstung des Balkons geturnt, hatte die Fahnenleinen entwirrt und an der Fahnenstange des herzoglichen Balkons die rote Fahne hochgezogen. Es war ein Mann in Feldgrau, mit einem dieser idiotischen Krätzchen auf dem Kopf und wollenen Ohrenwärmern darunter. Dennoch erkannte Schröter in ihm, mehr an den Bewegungen als am Gesicht, seinen ehemaligen Fahrschüler, den Ziegeleiarbeiter Wachsmann, der fast zwei Jahrzehnte in Berlin gelebt hatte. Dann kam Blechschmidt, außer Atem, als wolle er die Verspätung durch schnelles Sprechen wieder einholen, redete von den ungeschützt auf der Straße liegenden Volksrechten und daß man nur zugreifen müsse. Er redete von Ehrlichkeit und Pflichtbewußtsein und forderte alle auf, Ruhe und Ordnung zu bewahren und nach Hause zu gehen. Und alle gingen ruhig nach Hause. Es wurde nicht mehr gesungen und gejohlt. Nur am nächsten Abend gab es eine kleine, unvorhersehbare Änderung. Im Hoftheater, das mit demselben Tag aufhörte, Hoftheater zu sein, wurde wegen einer Erkrankung nicht *Das Extemporale*, sondern *Fannys Fahrt ins Wunderbare* gespielt. So war es. Das mag ein Zufall gewesen sein, aber manche Zufälle haben einen, wenn auch verborgenen Sinn.

Und warum war Onkel Franz auf dem Schloßplatz? Aus Neugierde sagen die einen, es waren ja viele Neugierige da. Aber warum mit dem Hochrad? Weil man vom Hochrad aus besser sehen kann. Vor allem: Anna war schon vor ihm zum Bahnhof gelaufen. Und was wollte Tante Anna da? Gucken. Sehen, was passiert.

Andere behaupten, Schröter sei gar nicht auf dem Hochrad gefahren, er habe es nur geschoben. Aber das kann auch auf dem Rückweg gewesen sein, als er und Tante Anna gemeinsam nach Hause gingen. Warum also hat er das Rad aus dem Keller getragen und sich, was in seinem Alter und nach all den Jahren ohne Fahrpraxis doch recht mutig war, auf das Hochrad geschwungen? Sollte es eine Demonstration sein, und wenn ja, wofür? Glaubte er vielleicht, daß eine neue Zeit käme, wenn so begeisterte Fahrradfahrer wie sein früherer Schüler die rote Fahne auf dem Schloß hißten, die Zeit der Cyclisation? Aber er konnte doch vorher nicht wissen, daß Wachsmann plötzlich oben auf dem herzoglichen Balkon stehen würde. Es gibt nur Vermutungen, keine Antworten.

Fest steht, Politik interessierte ihn nicht, auch dann nicht, als die Stadt, die gewöhnlich immer hinter der allgemeinen Entwicklung herhinkte, ihr einmal voraus war: 1929 war Coburg die erste Stadt im Reich mit einer absoluten Mehrheit der Nationalsozialisten im Stadtparlament.

Seine Lieblingsfarbe war Blau. Eckige Bewegungen: Marschieren, Strammstehen, Grüßen langweilten ihn. Einmal träumte ich noch von ihm, und es war wieder ein Traum, in dem es um eine Erfindung ging: Wir waren in einer düsteren Landschaft, in der eine Maschine stand, die von einem mit Segel bespannten Rad betrieben wurde, vergleichbar den griechischen Windmühlen. Mir fiel aber auf, daß kein Wind ging. Da auch die Sonne nicht schien, mußte es ein Schattensegel sein. Das Schattenrad trieb ein Gewirr von Stangen und Rohren an, die sich nebeneinander bewegten und oben aus einem Hahn eine kaltleuchtende Flüssigkeit herausdrückten, die langsam herunterfloß und auf dem Boden schwarzporös erstarrte. Schröter war noch jung, so wie ich ihn nur von Photographien her kenne. Er erklärte mir und meiner Großmutter, deren dichte graue Haare unter einem Luftschutzwart-Stahlhelm versengt waren, den Mechanismus der Maschine. Aber ich verstehe ihn nicht, während meine Großmutter immerzu unter ihrem Stahlhelm mit dem Kopf nickt. So spricht er weiter, eindringlich und ruhig, während sich die Schattensegel blähen, die leuchtende Flüssigkeit heruntertropft und zu meinen Füßen in einer bizarren schwarzen Formation erstarrt.

Mit der Zeit ähnelten Schröters ausgestopfte Tiere auf eine sonderbare Weise sich immer mehr, der Fuchs dem Hund, das Rotkehlchen dem Bussard, dieses ewige steile Auffliegen, die hochgezogenen Lefzen, damit auch das Gebiß gut zu sehen war, die zuschlagenden Tatzen und Pfoten, all diese theatralischen Gesten. Er hat das wohl eines Tages selbst nicht mehr ausgehalten und nach über sechzig Jahren, im hohen Alter, noch einmal seinen Stil geändert. Überraschend, kurz nach der Schlacht bei Kursk, dreiundvierzig, wir waren noch nicht in Coburg, kam ein General der Infanterie in den Laden von Onkel Franz. Der General hatte in Rußland, trotz der ständigen Einsätze in schweren Kampfhandlungen, insbesondere bei einer Abwehrschlacht, für die er das Eichenlaub zum Ritterkreuz bekommen hatte, die Zeit gefunden, einen Braunbären zu schießen. Es ist nicht klar, wer ihn an Onkel Franz verwiesen hatte, denn den Bären hätte zu der Zeit genausogut jeder andere Präparator in die von dem General gewünschte dramatische Pose bringen können.

Onkel Franz machte sich jedenfalls sogleich an die Arbeit, und auch diesmal stand er unter Zeitdruck, da der General einen vierwöchigen Heimaturlaub antrat und, bevor er an die Ostfront zurück mußte, das ausgestopfte Tier sehen wollte. Schröter modellierte nach seiner umständlichen, inzwischen längst überholten Methode das Tier zunächst in Ton: ein Bär, der sich gerade aufrichtet und den Rachen aufreißt. Dann aber – für alle unfaßlich – zerstörte er die Tonplastik und formte während aus dem Volksempfänger das Dadadadaaa dröhnte, neue Frontbegradigungen, neue Entlastungsstöße und der dreihundertundsoundsovielte Abschuß des Panzerknackers Rudel gemeldet wurden, eine zweite Plastik, nach der er dann auch das Tier ausstopfte. Ein aufgerichteter Bär, der in der rechten Tatze einen riesigen Stecken hält, als gehe er am Stock, die linke Tatze wie um ein Almosen bettelnd ausgestreckt. Treu blickt das Tier, das Maul geschlossen, die Lefzen sind eingezogen, als seien die Zähne ausgefallen, der Bär hat einen greisenhaften, armseligen Zug ums Maul.

Der General war, nachdem ihm bestätigt worden war, das sei sein Bär, aus dem Laden gestürmt, und der Adjutant hatte die Ladentür zugeworfen, daß der Fensterkitt herausfiel. Allerdings kam es dann doch nicht zu den angedrohten juristischen Schritten, da der General am nächsten Tag an die Front zurückfliegen mußte und wenige Wochen später mit den Resten seiner Division gefangengenommen wurde.

Die meisten in der Familie glauben, daß bei diesem Bären die Schaffenskraft von Onkel Franz nachgelassen habe. Dabei ist es durchaus denkbar, daß Onkel Franz den Bären als Visitenkartenhalter konzipierte, wie man ihn früher zuweilen auf ostelbischen Gütern antreffen konnte. Es gibt aber auch Familienmitglieder, die diesen Bären als eine dermoplastische Kritik an der Naziherrschaft deuten.

Tante Erna, die noch lebt, sagt, es sei reiner Zufall gewesen, daß es den General getroffen habe, denn Schröter habe danach alle Tiere in entstellender Weise ausgestopft, entartet, wie Blockleiter Zapf damals sagte: einen Fuchs, der wie ein Pudel hübsch machte, ein Wildschwein grinste seinem Auftraggeber, einem Oberforstrat, verschmitzt entgegen, ein zierlicher Strandläufer reckte sich wie ein Hoheitsadler, und ein Mops blickte, man kann es nicht anders sagen, ausgesprochen geil schräg nach oben.

Man könnte von einem allegorischen Alterswerk sprechen, aber keins dieser Exemplare ist mehr erhalten. Wahrscheinlich wanderten sie, wenn die Auftraggeber sie überhaupt abholten, schnell auf den Müll. In diese Schaffenszeit von Onkel Franz reicht meine Erinnerung, die, seitdem ich von ihm schreibe, reicher und bildgenauer geworden ist: Onkel Franz sitzt auf einem Bock an seinem Arbeitstisch und biegt an einem Drahtbein, das aus einem Stück Torf ragt. Der Geruch nach Mandeln. An den Wänden hängen auffliegende Vögel, bestellte, aber nicht abgeholte Arbeiten. In der Ecke sitzt der Collie, von dem man sagte, ich solle ihn besser nicht streicheln, weil er nach der Hand schnappen könne. Er war der letzte Auftrag vom herzoglichen Hofstaat, nach der Revolution wollte ihn niemand mehr haben. Onkel Franz zeigt mir den Schädel eines Strandläufers: ein zartes Knochengerüst. Behutsam öffnet er den Kiefer und damit den Schnabel. Die Frage nach dem Warum läßt kein Grauen aufkommen. Das Geheimnis des Fliegens ist kein Geheimnis. Ein Geheimnis ist nur die Hummel, sagt Onkel Franz. Tatsächlich. Die Hummel kann nach aerodynamischen Gesetzen gar nicht fliegen: Ihre Flügel sind zu klein für den dicken, schweren Körper. Und doch fliegt sie ahnungslos munter durch die Luft.

Dann steht plötzlich Kreisleiter Feigtmayr in Uniform auf der Straße und muß die Gosse kehren. Erwin fährt auf dem Kühler eines Jeeps durch die Stadt, und ich muß mir von heute auf morgen abgewöhnen, was ich nach vielen Ermahnungen gerade erst erlernt hatte, die Hakken zusammenzuschlagen, wenn ich jemandem die Hand gebe und einen Diener mache. Tante Anna steht am Fenster und knackt mit dem Gebiß. Dieses geheimnisvolle Haus, mit seinen verschachtelten Gängen, Zimmern, Treppen, und Wänden, in denen Schätze verborgen liegen. Manchmal sieht man im Keller ein Licht. Eine Gestalt geht um. Jedesmal nach dem Essen zieht Onkel Franz einen kleinen silbernen Stab aus der Jackentasche und fährt sich damit hinter vorgehaltener Hand in den Mund. Dabei hatte man mir erzählt, das sei ein Zauberstab, mit dem er die Tiere aus ihrer Erstarrung wieder erlösen könne.

Wenn ich den Kopf hebe, sehe ich draußen die Wiese in einem fahlen Licht. Es ist windstill, und der Morgennebel liegt dicht über dem See. Durchsichtig schimmert das Grün der Bäume und Büsche am Ufer, das, wie auch der Steg und der Schuppen, bald vom Laub verdeckt sein wird. Zwei Düsenjäger fliegen wie jeden Morgen über das Haus und lassen die Scheiben klirren. Mein Erschrekken ist – auch jetzt wieder – immer neu. Neben der Schreibmaschine, die ich gleich abstellen kann, liegt der kleine Silberstab. Langsam, als würde er weggezogen, wandert der Nebel über den See und gibt den Blick zum anderen Ufer frei. Schon leuchtet der Himmel durch den Dunst, und das Ferne wird langsam nah.

Uwe Timm im dtv

»Ein Autor, der engagiert Zeitstimmungen und geistigen
Moden nachspürt und der Gesellschaft Defizite
unter die Nase zu reiben beliebt.«
Toni Meissner in der ›Abendzeitung‹

Heißer Sommer
Roman · dtv 12547
Eines der wenigen literari-
schen Zeugnisse der Stu-
dentenbewegung von 1967.

Johannisnacht
Roman · dtv 12592
»Ein witzig-liebevoller
Roman über das Chaos
nach dem Fall der Mauer,
über eine Stadt [Berlin]
voller Glücksritter und
Schwindler, voller Kon-
flikte und Konfusionen.«
(Wolfgang Seibel in ›Die
Presse‹, Wien)

Der Schlangenbaum
Roman · dtv 12643
Ein deutscher Ingenieur als
Bauleiter in Südamerika.

Morenga
Roman · dtv 12725
Die Geschichte vom
Hottentottenaufstand in
Deutsch-Südwestafrika,
dem heutigen Namibia.

Kerbels Flucht
Roman · dtv 12765
Chronik eines entfrem-
deten Lebens.

**Römische
Aufzeichnungen**
dtv 12766
Impressionen und autobio-
graphische Mitteilungen.

**Die Entdeckung der
Currywurst**
Novelle · dtv 12839
»Uwe Timm gestaltet eine
ebenso groteske wie rüh-
rende, phantastische wie
im konkreten Alltag ver-
wurzelte Liebesgeschichte
… außerordentlich vergnüg-
lich zu lesen.« (Detlef
Grumbach in der ›Woche‹)

**Nicht morgen,
nicht gestern**
Erzählungen
dtv 12891

Rennschwein Rudi Rüssel
Ein Kinderroman
dtv 70285

Die Piratenamsel
Ein Kinderroman
dtv 70347

Der Schatz auf Pagensand
dtv 70593

Markus Werner im dtv

Zündels Abgang
Roman · dtv 10917
Das Ehepaar Zündel hat
sich entschlossen, den Ur-
laub getrennt zu verbringen.
Als Konrad heimkehrt, be-
reitet ihm Magda einen für
seinen Geschmack allzu re-
servierten Empfang. Zün-
del plant seinen Abgang.

Froschnacht
Roman · dtv 11250
Franz Thalmann ist
Pfarrer, Ehemann und
Familienvater, bis eines
Tages sein Reißverschluß
klemmt … »Ein heimlicher
Zeitroman, der Dinge und
Geschehnisse benennt, die
nur scheinbar weit weg
von uns sind … Den Schuß
ins Herz spürt man erst
später.« (Frankfurter
Rundschau)

Die kalte Schulter
Roman · dtv 11672
Moritz, Kunstmaler, lebt
mehr schlecht als recht von
Gelegenheitsarbeiten. Sein
einziger Halt ist Judith, die
einen sicheren Beruf und
einen gesunden Menschen-
verstand hat.

Bis bald
Roman · dtv 12112
Lorenz Hatt, Denkmal-
pfleger, lebt mehr oder
weniger unbekümmert vor
sich hin. Doch eines Tages
macht sein Herz schlapp …
»Erneutes Staunen,
Spannung, Vergnügen an
Werners Lakonik und
Komik.« (Süddeutsche
Zeitung)

Festland
Roman · dtv 12529
Sie leben beide in Zürich,
doch sie kennen sich kaum.
Erst als sie sich an einem
Wendepunkt befinden,
kommen der Vater und
seine nichteheliche Tochter
ins Gespräch. »Was mich
berührt hat: der wunder-
bare Ton dieses Buches.«
(Marcel Reich-Ranicki)

Der ägyptische Heinrich
Roman · dtv 12901
Eine faszinierende Spuren-
suche: Familiensaga, Reise-
bericht, historischer Roman
und zeitkritische Betrachtung. »Spannend, intelli-
gent, witzig.« (Thomas
Widmer in ›Facts‹)

Italo Calvino im dtv

»Calvino ist als Philosoph unter die Erzähler gegangen,
nur erzählt er nicht philosophisch, er philosophiert
erzählerisch, fast unmerklich.«
W. Martin Lüdke

**Abenteuer eines
Reisenden**
Erzählungen · dtv 8484

**Das Schloß, darin sich
Schicksale kreuzen**
Erzählung · dtv 10284

Die unsichtbaren Städte
Roman · dtv 10413

**Wenn ein Reisender in
einer Winternacht**
Roman · dtv 10516 und
dtv großdruck 25031

**Der Baron auf den
Bäumen**
Roman · dtv 10578

Der geteilte Visconte
Roman · dtv 10664

**Der Ritter, den es
nicht gab**
Roman · dtv 10742

Zuletzt kommt der Rabe
Erzählungen · dtv 11143

Unter der Jaguar-Sonne
Erzählungen · dtv 11325

**Das Gedächtnis der
Welten**
dtv 11475

**Auf den Spuren der
Galaxien**
dtv 11574

**Die Mülltonne und
andere Geschichten**
dtv 12344

**Die Braut, die von
Luft lebte**
und andere italienische
Märchen
dtv 12505

**Wo Spinnen ihre
Nester bauen**
Roman · dtv 12632

Eremit in Paris
Autobiographische
Blätter
dtv 12723

Herr Palomar
dtv 12764

**Marcovaldo
oder Die Jahreszeiten in
der Stadt**
Der Tag eines Wahlhelfers
dtv 12775

Heikle Erinnerungen
Erzählungen
dtv 12840